講談社文庫

戦《いくさ》百景

大坂夏の陣

矢野 隆

講談社

慶長20年（1615年）大坂夏の陣　布陣図

（制作）ジェイ・マップ

戦《いくさ》百景

目次

戦《いくさ》百景　大坂夏の陣

壱　徳川家康

あの者たちが、すべてを聞き入れる訳がない……。

徳川家康《とくがわいえやす》ははじめからそう思っていた。

だから、京都所司代、板倉伊賀守勝重《いたくらいがのかみかつしげ》が語る大坂の状勢を聞くにつれ、自然と口角が吊り上がってゆくのを止められなかった。

三月のはじめとは思えぬほどの暑気に、襟元が汗でじめついているのだが、そんなことすら気にならぬほどに高揚している。春の心地良い風を受け入れんと、駿府《すんぷ》城本丸屋敷内にある家康の私室は、すべての戸が開け放たれていた。縁廊下の先には広大な庭園が広がっており、その奥に別の屋敷が見える。家康は開け放たれた戸のむこうに目をやったが、影すら見当たらない。私室で向かい合う勝重以外に、家康の目に人の姿は映らなかった。

二人で語る。

そう家康が言えば、家臣たちは忠実に主の命を遂行する。懐刀《ふところがたな》、本多正純《ほんだまさずみ》の指揮を仰ぐまでもなく、家康の目が届くいっさいの場所から人の姿が失《う》せてしまう。

そうして春先とは思えぬ暑気と、待ちかねた陽気を存分に浴びてこれでもかというほどに放たれる若葉の瑞々《みずみず》しい香りと、沈鬱《ちんうつ》な面《おも》持ちの家臣だけが、家康の周囲に残されることになった。

「牢人《ろうにん》どもは」

重苦しい顔付きで上座を見据える所司代にむかって、それに似つかわしい重い声を投げかける。

「出て行かぬか」

問うと同時に、勝重がうなずきを返す。

「出て行かぬどころか、増えております る」

苦々しく言った勝重の眉間《みけん》に、深い皺《しわ》が浮かぶ。

七十四になる家康のみっつ下である。勝重が七十の坂を越えて一年。互いに、いつ死んでもおかしくない年である。

無理をさせているという自覚はあった。

京都所司代。

都の公家《くげ》との折衝事から、市井《しせい》のいざこざにいたるまで、都でのあらゆる面倒事に対する決裁権を、家康はこの七十を過ぎた老人に委ねている。都の治安維持だけでも目を覆うほどの忙しさであるのだが、所司代の役目はそれだけにとどまらない。

西国に対する幕府の目付役。それが、京都所司代、板倉勝重に課せられたもうひとつの、いや本当の役目であった。

大坂の豊臣《とよとみ》家を中心に、豊臣恩顧の大名たちは、西国に蟠踞《ばんきよ》している。彼等に不穏な動きがあれば都にいる勝重の耳に即座に届き、それはすぐに駿府の家康、江戸の将軍へともたらされる。

本来は所司代の使いの者が、勝重からの報告を駿府と江戸にもたらす手筈であった。

なのに……。

家康の眼前に、勝重が座っている。

それだけで、事の重大さがわかるというものだ。

片足を冥途《めいど》に突っ込んでいるくせに、背筋をしゃんと張って胸を突き出し、勝重は矍鑠《かくしやく》とした風情《ふぜい》で咳払《せきばら》いをひとつした。白い顎髭《あごひげ》を小さく震わせてから、猜疑《さいぎ》の色が濃くにじむ目を上座の家康へとむける。

「戦が終わった後も、大半の牢人どもは城から退去しておりませぬ。それどころか、豊臣家はふたたび牢人どもを城内に引き入れ、兵糧《ひょうろう》を集めておりまする」

先の戦において大坂城には十万もの兵が集まったそうである。その多くが禄《ろく》を持たぬ牢人であった。徳川の世で喰いっぱぐれてしまった者たちが、再起を賭けて豊臣の旗の下に集ったのだ。

「まぁ……」

家康は勝重に声をかけ、うっすらと笑う。

「牢人共の罪を問わぬことは和議の条件であった故、別に城に留まっておることを咎《とが》めはせぬ。だが……」

「責めを負うておらぬ故、牢人どもは城を出て行きませぬ。戦が終わった今、人足に使うしか術《すべ》が無いというに、豊臣方は二の丸三の丸の破却の折も、人を出しませなんだ」

先の戦の和議の条件のことを、老いた所司代は言っているのだ。

大坂城の堀を埋めたて、二の丸三の丸を破却する。

それが和議の条件のひとつであった。

難攻不落の大坂城を丸裸にする。

当然、家康が出した条件であった。

「戦に敗れ、みずからが拠《よ》った城の堀を埋めるは忍び無きことであろう。が、それとこれとは別儀よ」

牢人どもの心中、察して余りあると家康は思う。が、それもまた戦の習い。敗ければすべてを失うのは当然のことだ。命があっただけ有難いではないか。

「まぁ、埋めたくないと申しておった故、こちらで埋めてやったがな」

「はい」

勝重がうなずき、目を伏せて、みずからの掌を見つめている。

二の丸三の丸の破却を請け合った豊臣家が作事を渋り、なかなか人足を出さぬため、家康は堀の埋め立てを終えた諸大名たちに命じて、敵がやるはずだった仕事を強行させた。戦が終わってもなお、作事がはかどらず長逗留となって疲れ果てていた大名たちは、家康からの命を喜んで受けた。大名たちが請け負ってからは、二の丸三の丸はあっという間に取り払われた。

「文句を言うて来れば良かったのだがな」

「そのあたりは、大坂も心得ておりましょう」

短い答えを吐いた勝重が、ゆっくりと頭を上げた。

豊臣家の怠慢に痺《しび》れを切らした大名たちが一気に二の丸と三の丸を打ち壊すなか、大坂城からはいっさいの口出しはなかった。血の気の多い牢人たちも、諸大名の兵が槌《つち》を振るい、鋸《のこぎり》を引く姿を、静かに見守っていたという。

勝重の言う通り、敵も弁《わきま》えていたようである。

ここで面倒事を起こせば、ふたたび戦が始まるのは目に見えていた。せっかく和議を取り付けたというのに、愚にも付かぬ諍《いさか》いで豊臣家を危機に晒《さら》しては目も当てられない。恐らく、淀《よど》の方《かた》や大野《おおの》修理《しゅり》治長《はるなが》あたりが、牢人に厳しく命じていたのであろう。二の丸三の丸の破却は速やかに遂行され、年が明け、二月になる頃には大坂城は本丸を残すのみとなった。

「ですが……」

沈黙を破り勝重が声を吐く。家康は目線だけで先をうながした。

「ふたたび兵と兵糧を集めておることは、見過ごすわけには参りませぬ」

厳しく言い切った勝重の目に、怒りの光が宿っているのを認め、家康はついつい微笑《ほほえ》んでしまう。

もともと坊主であったのを、兄の死とともに家康みずから命じて還俗《げんぞく》させ、板倉家を継がせたのである。戦《いくさ》働きが得手な男でないことは、ひと目見た時にわかった。幼少の頃から寺にて学んだ故、字に明るく、才気にも恵まれていた。政《まつりごと》の頭となる奉行職に早くから任じ、勝重には実務だけを求めた。

戦場には本多忠勝《ただかつ》や井伊《いい》直政《なおまさ》らのような猛者《もさ》がいる。

謀《はかりごと》は本多正信《まさのぶ》。

そして……。

徳川の政の一翼を、この老人は長年にわたって担ってきた。

奇手、奇策などという小細工は期待できぬが、着実、堅実な仕事をやらせれば、この男の右に出る者はいない。みずから策を弄《ろう》することはなくとも、清濁《せいだく》併せ呑む器量は持っているから、策に嵌《はま》って事を仕損じるようなことがない。

だからこそ、死に際の老いぼれとなっても使い続けている。

替えが利かないという意味においては、己と同じか……。

そう心に呟《つぶや》いてから、家康は自嘲《じちょう》するように微笑む。

西国の睨《にら》みとして勝重がいなくてはならぬように、徳川幕府には己がいなければならない。将軍職は子の秀忠《ひでただ》に譲ったとはいえ、いまだ大名たちの目は駿府の家康のほうに向いている。将軍の意向よりも、駿府の大御所の声のほうが大きいことを、日《ひ》ノ本《もと》の大名たちは知っているのだ。

家康が右といえば、秀忠が左と言おうと右なのである。

「困ったものよな」

幕府の内情を憂えたわけではない。先刻からの問答に対する勝重への言葉だ。もちろん、老いた所司代は家康の心の裡《うち》など見通せるはずもない。家康の思惑通りに言葉を受け取り、静かにうなずいてから、乾いた唇をゆっくりと動かしはじめた。

「牢人を城に引き入れ、兵糧を集める。そは戦支度に相違ありませぬ」

「そんなことは御主に言われずともわかっておるわ」

勝重は戦働きで功を成した男ではない。家康の言葉に不満を感じるような厄介な矜《きょう》持《じ》などはなから持ち合わせていない。平然とうなずき、素直に受け止め上座をうかがう。

なにか……。

探っている。

勝重の不敵な視線に、主に対する企《たくら》みを感じ、家康の心は微《かす》かに揺れた。怒りと呼ぶにはあまりにも淡い。だが、勝重に対する悪しき感情であることは間違いなかった。

探りを入れる。

「その程度のことを言いに、わざわざ御主が参ったのか」

たしかに一大事ではある。

今回の和議は、豊臣家に対して最大限に譲歩した内容であった。

豊臣家が呼び集めた牢人たちの罪は問わない。

これまでの所領は安堵する。

淀の方を人質として江戸に留め置くようなことはしない。

秀頼《ひでより》に対して裏表のある行いはしない。

豊臣家に対して譲歩に譲歩を重ねた条件を提示して、家康は今度の戦を終えたのである。

それなのに……。

豊臣家はまた牢人と兵糧を集めている。勝重の言う通り戦支度なのは間違いない。

一大事だ。

日ノ本を揺るがすほどの。

だが、勝重はまだなにか隠している。

「申せ」

ぞんざいに言い放つと、これまで一度として家康の前で上がったことのない勝重の口の端が、ゆっくりと吊り上がった。

「は」

短い返答とともに、勝重が深々と頭を垂れた。そして顔を伏せたまま、ゆるやかに言葉を紡《つむ》ぎ出す。

「堀を……」

束の間、勝重が黙った。

家康は言葉を差し挟むことなく、老所司代を一段高くなった上座から見下ろし続ける。

「掘り始めております る」

豊臣家がである。

埋めたはずの堀を、豊臣家がふたたび掘っていると、勝重は言っていた。

「それだけではござりませぬ」

言って己とみっつしか年の違わぬ翁《おきな》がゆっくりと頭を上げた。

「城の周囲に柵を築いておりまする」

「ほお」

己の声が跳ねていることを、家康は自覚しながらも止められない。

心が躍る。

「そうか、堀を掘り返し柵を築いておるか。秀頼は」

「はい」

もはや家康は、豊臣家は淀の方の物であるなどという甘いことは言わない。豊臣家の惣領《そうりよう》はあくまで秀頼である。大坂のいっさいの行いは、秀頼に責があるのだ。

先の戦の時は、淀の方の心を揺さぶり勝ちを得た。

淀の方が寝起きする本丸御殿の奥に、大砲を撃ちこみ、その心胆を寒からしめて、和議へと舵《かじ》を切らせた。しかしそれは、戦の策であったまでのこと。真田《さなだ》丸《まる》の執拗《しつよう》な抵抗もあり、攻め手を失っていたのは間違いない。あのままずるずると戦を長引かせていれば、日ノ本全土から動員した諸大名の兵は疲れ、次第に戦を嫌うようになる。大名たちの心も厭戦《えんせん》へと揺らぎ、豊臣恩顧の西国大名のなかに大坂方へ加担する者が出ぬとも限らなかった。

敵に倍する二十万もの兵で大坂城を囲み、必勝の布陣で戦に臨んでいたのだが、その懐は敵の抵抗によって次第に火の手が上がろうとしていたのである。

ここはいったん退いて態勢を立て直すべきだ。

家康は考えを改めた。

この戦で豊臣家を滅ぼす。

そう心に決めての出兵であった。戦に明け暮れた家康が、人生最後の戦と決意しての大坂入りであったのだ。

七十二。

家康には時がない。

和議を結ぶということは苦渋の決断であった。

もちろん、ただ和議を結ぶわけではない。

堀を埋め、二の丸三の丸を破却せしめる。

この条件だけはなんとしても豊臣家に飲ませなければならない。そのための大筒であったのだ。

このまま戦を続ければ御主の命もままならぬのだぞと、淀の方に見せつけることで、豊臣方になんとしても和議を結ばねばならぬという想いを抱かせる。大筒で本丸御殿を叩くことでその思惑は見事に的中し、敵は家康の望みを受け入れ和議を結ぶことに承服したのだ。

城はもはや丸裸である。

あれほど強固な守りを見せた真田丸も取り壊された。

「解《げ》せぬな」

家康のつぶやきに、勝重は無言のまま小首を傾《かし》げる。

「どれほど堀を掘りかえそうと、柵を張りめぐらしてみようと、大坂城は元には戻らぬ」

老所司代はうなずきを答えに代え、沈黙を貫く。

三月のゆるやかな風が、不穏な気配をはらんだ二人の間を駆け抜ける。

七十の坂を越えた身に、春の温もりは優しい。冬の寒さですっかり堅くなってしまった節々を、優しい風がゆっくりと溶かしてゆく。

このまま……。

面倒なことをなにも考えず、春の陽気に身を委ね午睡をむさぼることができれば、どれほど幸せなことか。七十四になってもなお、他家を滅ぼす算段をしなければならぬ己を、家康は心の底から不憫《ふびん》に思う。

だが。

いっさいの憂いがなくなった太平の世で、果たして己は満足できるのだろうか。関《せき》ヶ原《はら》での戦が終わり、戦場から遠ざかって十五年もの歳月が流れた。その間、家康は心の底から太平の世を謳歌《おうか》できていたのか。

己は何故、豊臣家を滅ぼそうなどと考えたのだろうか。

息子の秀忠と秀頼の器量の差を憂えた。秀頼が関白となる日が来ることを恐れた。

西国の大名たちが徳川に背《そむ》き、豊臣に頭《こうべ》を垂れることを危ぶんだ。

理由はいくつもある。

だがそのいずれも、家康の杞憂であると言われれば、たしかにそうなのかもしれない。現に前年、家康が大坂を攻めた時、徳川に背いて大坂城に入った大名は皆無であった。すでに朝廷も豊臣を見限っている。いまさら関白職を秀頼に与え、天下争乱の火種を作ろうなどと考えている公家など一人もいない。たとえ秀忠が、秀頼に器量で劣っていようとも、本多正信や土井利勝《どいとしかつ》などの徳川譜代の臣たちが息子の周囲を固めている今、幕府の運営に支障をきたすようなことなどないのだ。

いまここで家康が死んだとしても、誰一人困りはしない。前年の大坂での戦が無かったとしても、恐らくそれは変わらなかっただろう。

もはや。

天下は徳川の元で治まりきっている。

だとすれば。

前年の戦はいったいなんだったのか。

家康の杞憂が生んだ妄執《もうしゅう》の産物であったのかもしれない。一人の老いぼれの妄執のために、日ノ本全土の大名が血と汗を流し、豊臣家が犠牲になったと言えるのではないのか。

戦を欲しているのは家康だけなのかもしれない。

「勝重」

「はは」

忠臣が真っ白な髷を傾け辞儀をする。

「御主はどう思う」

「たしかに大御所様の申される通り、どれほど作事を重ねましょうとも、大坂城は元には……」

「違う」

苛立《いらだ》ち紛れに老所司代の言葉を断ち切り、家康は己が顎に生えた髭を撫《な》でる。

「豊臣家は滅ぼすべきか」

思わずといった様子で顔を上げた勝重が、目を見開き驚いている。

豊臣家を滅ぼすべきか……。

それを考えるのは老所司代の務めではない。本多正信や南光坊天海《なんこうぼうてんかい》ら、智謀に長けた者たちに投げかけるべき問いを正面から受け、勝重は動揺を隠せずにいる。

いまは、そんな勝重の答えを望んでいた。

己の妄執にあらず。

実直な老所司代の返答に、家康は豊臣家との戦の大儀を求めていた。

「有《あ》り体《てい》に申せ」

いつになく厳しい家康の態度に、勝重は一度目を伏せ、逡巡《しゅんじゅん》したかと思うと、意を決したように上座の主を堂々と見据えた。

「豊臣家が戦支度をしておることは間違いござりませぬ。これを見過ごしては、日ノ本の秩序はままなりませぬ」

「滅ぼすべきだと申しておるのじゃな」

「それしか道は無きものと心得まする」

薄緑に光る勝重の瞳がちいさく揺れる。それでも、目の前の老所司代の顔に、迷いの色は微塵《みじん》も感じられなかった。

豊臣家を滅ぼすことは、もはや避けられない。たとえそれが、家康の妄執からはじまった戦の末のことであっても。

「国替えじゃ」

家康のつぶやきを、勝重は黙って受け止める。

「ひとまず秀頼に、国替えを申し出るのじゃ」

「戦支度を整えておる大坂が、受け入れましょうか」

「受け入れずば、攻めるまでよ」

「なるほど」

得心が行ったように、勝重が静かにうなずいた。

「戦支度をしておる豊臣を責めず、国替えして牢人どもを切り離してはどうかと申し出ることで、こちらの誠意を示す。これを断わるとなれば、豊臣の叛意は明らか。大儀が我が方にあることを天下に知らしめることになりましょう」

家康の底意をわざわざ言葉にするあたりが、勝重が謀臣になれぬ所以《ゆえん》なのだが、この素直さが能吏としては良い方に働くのであるから人というものは解らぬものである。

実直な所司代にうなずきを返し、家康はこしが無く弱々しい顎髭を撫でながら、言葉を継ぐ。

「望みの地があれば遠慮なく申すよう大坂には伝えよ。良いか、今度のことはあくまで牢人たちによる暴走が原因であって、豊臣家の所為《せい》ではない。むしろ豊臣家は大坂に留まる牢人の処遇に困っておるのであろうと持ち掛けるのじゃ。移封《いほう》を持ちかけるのは、豊臣家を助けたい一心だからであることを、しっかりと説くのじゃぞ」

「解り申した」

「厳しい役目になるやもしれぬ」

すでに豊臣家は腹を括《くく》っている。でなければ和議の直後に、ふたたび牢人と兵糧を集め、城に柵を築くような愚かな真似はしない。腹を括っているからには、こちらの申し出にいっさい耳を貸さないということも考えられる。

家康の使者として大坂城に赴くということは、腹を空《す》かせた狼の群れに裸で乗り込むようなものだ。大坂城を拠り所として戦おうとしている者たちに、移封を持ちかけるということは、怒りの火に油を注ぐことになりかねない。

この役目を任じられる者は、長年京都所司代として西国に目を光らせ続けて来た板倉勝重以外にありえなかった。

「某《それがし》の命ひとつで大義が買えるのならば安い物にござる。齢《よわい》七十一、明日死ぬやも知れぬ身にござる。死に花を咲かせ損ねた侍には、勿体無《もったいな》い死場にござりまする」

言って老所司代は深々と頭を下げた。

「頼んだぞ」

「はは」

伏せたまま答えた勝重の声は、喜びで踊っているように、家康には聞こえた。

青々とした月代《さかやき》が四月の陽光を撥《は》ね返し、上座の家康の目を刺す。わざとではないことは明らかなのだが、それでも家康は、耐え難いほどの怒りを覚えた。己が額に青筋が浮かび、それがひくひくと震えていることが、激しい血の流れでわかる。

九男義直《よしなお》と浅野《あさの》幸長《よしなが》の娘の婚儀へ参列するために、名古屋《なごや》にむかう途次であった。駿府を発った翌日、家康の宿所にこの若き侍は現れたのである。

「誠に有難き申し出にはござりまするが、謹んで御断りいたしまする」

大坂からの使者は涼やかな声で言った。

勝重に大坂城への使者を命じてから、ひと月あまりの歳月が流れている。それだけの日数待たせておいて、もたらされた答えが短い謝絶の言葉のみ。

しかも。

この男の主は秀頼ではなかった。大野修理治長の臣であり、あの青二才の使者なのである。

辞儀をしたままの若者を情の籠らぬ目で見下ろし、家康は努めて平静を保ちながら声を吐く。

「そは修理殿の返答として受け取れば宜しいのかな」

「いやいや」

首を振りながら大坂からの若き使者が顔を上げた。

無礼者めっ！

喉の奥まで言葉が迫《せ》り上がってきたのを、家康はすんでのところで腹の底へと押し戻した。

考えの足りぬ若僧の些細《ささい》な無礼などで、事を荒立てて一体なんになるというのか。益無きことに腹を立てられるほど、家康は若くはない。

叱責を受けずに済んだ愚か者が、締まりのない口許を笑みの形に歪《ゆが》めながら、愛想を滲《にじ》ませた癪《しやく》に障《さわ》る声を吐く。

「こは、豊臣家の総意にござりまする」

まがりなりにも関白職に任じられる家格にある家の総意である。このような軽薄な若僧が口にして良いようなものではないはずだ。

使者の人選すらできぬほど、豊臣家は鈍してしまっているのか……。

腹立ちが黒い大蛇となって腸のなかでのたうち回っていた。

面倒な段取りなど踏まずに、一刻も早く豊臣家を滅ぼしたくなる。

「うむ……」

鼻の穴から深く息を吸い、わずかに身を乗り出す。若者の緩んだ頬の肉を眺めながら、顎髭を撫でる。髭に手をやるのは、こうでもしていなければ親指の先を口中に入れ、爪を噛《か》んでしまいそうになるからだ。

いったいひと月もの間、秀頼たちはなにをしていたというのか。この程度の返事であれば、十日もかからず用意できたであろうに。

問う。

「豊臣の総意という言葉……。それがなにを意味しておるのか、其方は本当に理解した上で語っておるのであろうな」

「無論」

「良いのか。其方と儂《わし》のやり取り如何《いかん》によって、徳川と豊臣の行く末が決まるのだぞ。それだけの覚悟が其方にはあるのだな」

「それは……」

この局面で口籠るような男に、なにが務まるというのか。豊臣家の命運どころか、大野修理の代理すらも務まらぬ。

「まるで子供の使いではないか」

吐き棄《す》てる。

「無礼な」

一人前に青二才が腹を立てる。

怒りを露《あら》わにするだけの価値もない男だ。家康は面の皮から情の色を消し、淡々と言葉を連ねる。

「移封を断わるということは、大坂城に拠るということじゃ。それはわかっておるのであろうな」

「無論」

こればかりである。

呆れて物が言えない。

が……。

まがりなりにもこの男は豊臣家の使者である。

問いを重ねる。

「我等との和議の条件であった二の丸と三の丸の破却と堀の埋め立て。豊臣からは一人たりとも人を出さなかった。それ故、諸大名の普請にて終えた」

不機嫌を面の皮に滲ませながら、若き使者が聞いている。

「その堀を、其方たちは掘り返しておるそうではないか。それだけではない。城の周囲に柵を張り巡らしておるそうではないか。戦をするつもりか」

「よ、世迷言《よまいごと》を。御自分の目で見られたわけではあるまいに」

「この期《ご》に及んで、童《わらべ》のごとき言い訳とは……。呆れた使者よな」

笑みがこぼれるのを家康は止められない。

「堀を掘り返し、柵を築いておれば、大坂に行けば誰が見ても解ることではないか。隠し立てしてどうなるものでもない。儂はそれを聞いた上で、秀頼殿に移封を持ちかけたのだ。大坂での蛮行はすべて城に残る牢人どもの所為であろうと問いかけてな。それを断わるということが、どういうことか。わからぬ訳ではあるまい」

罪を牢人たちにかぶせて大坂を立ち退けば不問に処す。その程度の真意を汲《く》めぬ使者ではないと期待しながら、若僧の返答を待つ。

額に浮かんだ汗を指先で拭《ぬぐ》いながら、強張《こわば》った笑みとともに豊臣の使者は唇を震わせる。

「そ、それは」

阿呆。

もうこれ以上、この若者になにかを求めても無駄であった。見切りをつけた家康は、言葉の刃で若き使者を崖の縁へと追い詰める。

「戦支度を整え、城から出ることを拒むということは、我等と事を構えると申したも同義。御主は儂に、豊臣からの果たし状を届けに参ったのじゃな」

「そ、そういう訳では」

「そういう訳なのだ。この期に及んで、そんなことも解っておらなんだとは言わせぬぞ」

このような男だからこそ、大野修理は使者に選んだのかと勘繰りたくなる。豊臣は愚者の集まりだと高を括っていると、大怪我をしかねぬと、家康はみずからを戒めた。

事の仔細を汲めぬ愚か者であるからこそ、これほど重大な文言《もんごん》を平然と口にすることができると考えれば、腑《ふ》に落ちぬこともない。この使者はあくまで移封を断わるだけの役目しか負わされず、それ以上の決断など任されていない。ひと月もの長きにわたり返答を先延ばしにしたのも、豊臣の思惑なのかもしれない。

時を稼ぐ……。

その一語とともに、脳裏に真田の六文銭が過《よぎ》った。

表裏比興《ひきょう》の者……。

いまなお大坂城に籠る真田信繁《のぶしげ》の父を評した言葉である。

先の戦で信繁は、大坂城の南方に真田丸と呼ばれる出丸を築き、前田《まえだ》勢を散々に翻《ほん》弄《ろう》した。信繁の抜群の働きが、家康に本丸御殿への砲撃を決断させ、一時の和議を結ばせたともいえる。

この束の間の静寂は、信繁によってもたらされたといっても過言ではなかった。

のらりくらりと徳川の追及をかわしながら、出来得るかぎり戦支度を整える。それくらいの猿知恵を働かせることは、信繁ならば造作もなかろう。

「真田の小倅《こせがれ》め、小癪な真似をしおってからに」

「は」

上座から聞こえた意想外の言葉に、愚かな若者が呆けた声を吐いたが、もはや家康の耳に入りもしない。

悠長なことはしていられぬ。

もはや大義名分は整った。

戦あるのみ。

今度こそ。

秀頼を殺し、豊臣を滅ぼす。

「ここまで儂を虚仮《こけ》にしおった奴は初めてじゃ」

頭に浮かんでいるのは真田信繁のおぼろげな姿であった。

それはまだ、秀吉《ひでよし》が生きていた時のことである。


外国《とつくに》へと続く海……。

西の果てに築かれた太閤《たいこう》の城が建つ丘の突端に立ち、家康は眼下に広がる紺碧《こんぺき》の海を眺めていた。

今、この海の向こうでは、激しい戦が繰り広げられている。

我が国の侍と、異国の兵によって。

太閤秀吉の妄執によってはじまった戦である。日ノ本全土の侍たちを掻《か》き集め、海を渡り遥か遠く、大明《だいみん》国を攻める戦いだった。

しかし。

明に入るための道としか考えていなかった朝鮮を攻め落とせずにいる。当初、朝鮮は日ノ本の大軍を前にすれば、すぐに膝《ひざ》を折ると思われていた。

仮道入明《かどうにゆうみん》。

秀吉は、朝鮮には明に入るための案内を頼むつもりであったのだ。

海のむこうからもたらされてくる状況はいずれも芳しいものとは呼べなかった。当初は朝鮮の都を占領し、一気に朝鮮全土を支配下に置くかと思われたのだが、慣れぬ外国での戦いと、兵糧不足により、じりじりと後退を余儀なくされ、いまでは半島の南方に築かれた城に諸大名は拠り、厳しい籠城戦を繰り広げているという。

「明を攻めるなど無益なことをするものよ……」

背後から聞こえてきた声に、家康は思わず振り返った。

若き武者が立っている。

紅《くれない》の甲冑《かつちゆう》に身を包んだ男の陣羽織に染め抜かれた紋を見るともなく視界に入れた。

六文銭。

真田だ。

秀吉の馬廻りをしているという、昌幸《まさゆき》の子、信繁である。

「そんな心の声が聞こえてきそうでしたぞ。徳川殿」

口許を上げた信繁が、目を細めた。

秀吉の腹心、大谷吉継《おおたによしつぐ》の娘を妻とし、みずからも太閤の覚えが目出度い信繁である。真田昌幸の臣従の証《あかし》として大坂に人質として入りながら、その才覚により馬廻りに取り立てられたという。

父とは面識はある。干戈《かんか》を交えたこともある。

たしかこの青年も、あの時上田《うえだ》の城に入っていたはずである。

だが、こうして相対するのは初めてだった。

「いきなりの無礼、御許しあれ。真田左衛門佐《さえもんのすけ》信繁にござります」

立ったまま信繁が頭を下げた。

「存じております る」

家康が答えると、真田の小倅は静かに頭を上げる。若者の様を確かめ、家康はふたたび海へと目をむけた。

肥前《ひぜん》の海辺に切り立つ崖に、みずからが築かせた巨城に、太閤秀吉は己が故郷を思わせる名護屋《なごや》の名を与えた。名護屋城の城下には、日ノ本全土の大名たちの屋敷が軒を連ね、彼等の銭を求めた商人や職人たちが群がり、巨大な城下町を形成している。

豊臣家に与《くみ》する大名の筆頭ともいえる家康も、当然この地に屋敷を持っていた。

海は渡らない。

朝鮮の地で戦うのは、主に西国の大名たちだった。

「どうかな真田殿」

笑みのまま言って、家康は隣を目線で示した。並んで海を見ようではないかという、誘いである。

「某はただの馬廻り。徳川殿の隣に並ぶような身ではござりませぬ」

「良いではないか。さぁ」

強く促す。

先刻の言葉が気になっている。この男の器量が無性に見定めたくなった。

なおも逡巡している若き侍の背を、はっきりとした声で押す。

「さぁ、隣へ」

「では」

頰《ひ》を引き攣《つ》らせながら、信繁が歩を進めて隣に立った。

家康は海を見つめたまま、左方に揺らめく若者の気配を感じる。

おもむろに……。

信繁が切り出した。

「良いのですか」

「なにが」

「このようなところに供も連れず御一人でおられて」

「評定が終わったばかり故、ちと外の気に触れたかったでな」

言って家康はわざとらしいほどに大きな声で笑った。

信繁の気配が揺らぐことはない。関東二百五十六万石の大大名の隣に立ちながら、気後れしたところもなかった。

父に似ている。

そう思わざるを得ない。

信州《しんしゅう》上田四万石。小領主でありながら、北の上杉《うえすぎ》、南の北条《ほうじょう》、そして家康、三国の間を小蝿《こばえ》のように耳障りな羽音を鳴らして飛び回り、その時の都合によって手を結ぶ相手を変え、猫の額ほどの領地を必死に守るだけの端《は》武者でありながら、昌幸は気後れするという素振りがいっさいなかった。ややもすれば、己の方が相対している者よりも立場が上だといわんばかりの尊大さを持つ、不敵な男である。

家康はこの不敵な男に一度敗れていた。

隣に立つ信繁も参陣していた上田城での戦の折である。

家康自身が差配した戦ではなかった。敗戦の報は後に知った。が、上田の城を攻めよと命じたのは、まぎれもなく家康である。城に籠る兵の三倍以上の兵を用い、必勝の布陣で臨んだ末の敗北であった。

だから……。

豊臣家に仕える大名として、ともに惣無事令《そうぶじれい》の元で名義上は同朋とも呼べる仲になり、豊臣家の動員があった際には、真田の寄親《よりおや》となったいまでも、家康は真田一族を疎《うと》ましく思っている。

家康が戦場で最も頼りにしている猛将、本多忠勝の娘は、隣に立つ信繁の兄の元へ嫁に行っている。信繁の兄、信之《のぶゆき》は本多家と縁続きであり、もはや徳川譜代の臣に準ずる立場であった。

信之は許せる。

父に似ていないからだ。

昌幸、そして隣の信繁の全身に横溢《おういつ》している不敵な気配が、信之からはいっさい感じられない。徳川の寄子として、忠勝の婿としての己が立場を十分に弁えている。

真田であって真田ではない。

家康にとっての信之の認識であった。

「あちらに」

耳障りな声が隣から鳴った。声のした方に目をむけると、真田の小倅の細い瞼《まぶた》のなかに浮かぶ小さな瞳が二人の後方にむけられている。視線を追うと、左右に竹林を配した道のむこうに、己と歳の変わらぬ見慣れた姿があった。腹心、本多正信である。評定が終わっていることを知り、控えの間に姿を現さぬ主を探して、ここまで辿《たど》り着いたのだろう。おそらく、先刻の笑い声によって主の居所を悟ったのだと思われる。正信は常から宿る猜疑の光を瞳に宿らせながら、家康と信繁を見上げていた。

かすかにうなずく。

大事ない……。

無言のままそう告げた。そしてふたたび、海へと目をむける。

「先刻の其方の言葉……」

「あぁ」

言って信繁は顔を傾け、関東の覇者の横顔に不躾《ぶしつけ》な視線を投げて来る。家康は平然と海を眺めたまま続けた。

「儂が今度の出兵に、内心では反対しておると申されておるように聞こえたが」

「賛同しておられるのですか」

「無論じゃ。儂は豊臣の臣ぞ。太閤殿下の御決めになられたことに、微塵も不満はない」

「ははは。それはそれは殊勝な御心がけでありますな」

これだ……。

この尊大さが父に瓜二つなのである。口では不躾だ、無礼だなどと言っておきながら、心の奥底では家康のことなど屁《へ》とも思っていない。そんな浅ましい心根が透けて見えていることを、恐らくこの若僧もその父も自覚している。自覚したうえで、平然と無礼を働いているのだ。

斬り捨ててやりたい……。

が、理由がない。

それに、斬り捨てるほどの無礼でもなかった。若気《わかげ》の至りで片付けられるほどの無礼な振る舞いに腹を立てて太刀を抜いたことが知れ渡れば、関東二百五十六万石の大名の器量を疑われてしまう。

「機嫌を損ねてしまいましたか」

からりとした声で信繁が問う。

「いいや」

そう答えるしかない。

「信州の山奥で育った山猿故、行儀というものを知りませぬ。何卒《なにとぞ》、御容赦を」

「何故、儂に声をかけてきたのかな」

口先だけの釈明を聞き流し、家康もまた信繁に顔をむけた。

「背中が……」

不敵な笑みを口許に湛え、信繁が陣羽織に染め抜かれた六文銭を撫でた。

「声をかけて欲しがっておられました」

「儂の背がか」

「左様」

「だからと申して、先刻の言葉はいささか出し抜けに過ぎるとは思うが」

「たしかに」

言って若武者は笑う。

摑みどころのない男である。

このまま崖から突き落としたら、いったいどんな顔をするのか。見てみたいという衝動に駆られる。

「どん」

紅《あか》き手甲《てっこう》におおわれた指が、胸に触れていた。

いつの間にか……。

信繁の笑顔が眼前に迫っている。

間合いを詰められたことに、まったく気づかなかった。

「無礼者めっ！」

坂の下で正信が叫んでいる。

笑みに歪んだままの信繁の目は、駆けて来る腹心のほうなど見ようともしない。

「いま某を突き落とそうとしましたな」

人差し指を家康の鳩尾《みぞおち》に付けたまま、信繁は飄然《ひょうぜん》と言い放つ。

「なにを……」

「人の命というものは儚《はかな》いものでござりまするなぁ」

「離れろっ！」

鳩尾に伸びる信繁の手首を、駆け寄ってきた正信がつかんだ。

「止めよ」

「ですが」

若き馬廻りを見つめたまま言った家康に、腹心が不満を露わにした声を吐く。その間も信繁は動じる素振りすら見せず、天下第一の大名の顔を正面から見据え笑っている。

「良いから離せ、正信」

「この者はいま、殿のことを……」

突き落とそうとしたと言おうとした腹心が口籠る。

そう。

信繁は家康の鳩尾に指先で触れただけに過ぎない。突き落とそうと思えばできた。

が、信繁はそんなことはしなかった。

突き落とさんという邪念を抱いたのは。

家康のほうなのだ。

ならば。

この若僧は家康の心に芽生えた微かな殺気を感じ取っただけ。

「在り得ぬ」

「は」

徳川家中随一の謀臣でさえ、主の言葉の真意を読み取れず、首を傾げた。

「とにかくその手を放して、下がっておれ」

「しかし」

「正信」

いつになく厳しい主の声を受け、正信が一度強く信繁の手を握りしめてから、力任せに放した。鳩尾から指を逸らそうと力を込めた腹心の意図に逆らうように、信繁の腕は毛ほども揺らがなかった。依然として鳩尾には、濃緑の韘《ゆがけ》におおわれた信繁の人差指が突き立っている。

家康は問う。

「儂を殺そうとしたのか」

そんな殺気は微塵も感じなかった。

「いいえ」

本心であろう。

「ならば何故、儂の腹に指を当てておる」

「試したまで」

「なにを」

まったく……。

この若僧の真意が推し量れない。

表裏比興程度のことであれば、まだわかる。表には裏があり、裏には表がある。陰と陽。答えは常に表に顕《あらわ》れている真逆のところにあるものだ。天性の天邪鬼《あまのじゃく》。それがこの男の父、昌幸である。今日の味方が敵に変じれば迷いなく裏切り、敵であった者と結ぶ。利害が一致すればどんな者とも迷いなく手を携える。そうして昌幸は、小国を守り抜いてきた。

しかし、どうやらこの男は違うようである。

型がない。

裏や表では割り切れぬ。

多くの敵と干戈を交え、うんざりするほどの修羅場を潜り抜けてきた家康の目が、信繁という男をそう断じている。

「なにを試した。言うてみぃ」

言葉遣いがついついつい荒くなる。

戦場……。

外国の戦場から隔離されて燻っている家康の胸の裡から、ひりひりとした火薬の匂いが立ち上って来る。間違いなく原因は、目の前の信繁にある。

「なにを試した」

無言のまま笑う若武者に圧をかける。

「徳川殿の……」

弓形に歪んだ目の奥に光る瞳が輝きを増す。

「御器量を」

「無礼な」

間近で見守っていた正信が、思わずといった様子で口走った。それは、家康の胸中に浮かんだ言葉と、寸分違《たが》わぬものだった。

無礼。

それ以外の言葉が見つからない。

たかだか豊臣家の馬廻り風情が東国の覇者である家康の器量を測ろうなど、分不相応極まりない行いである。

叩き斬られても文句はいえない。

しかし家康は、目を固く閉じ、深く息を吸う。胸に当てられたままの指先は、胴に覆われた腹に熱を伝えることはない。なのにたしかに、信繁の命の揺らぎが鳩尾からはっきりと伝わってくる。

「ふふ」

不意に笑いが込み上げてくる。

目を開き、にこやかに信繁を見つめた。短軀《たんく》の家康よりも頭ひとつほど大きいから、見上げる形になる。

「で、如何《いかが》であったかな。儂の器量は」

指先が鳩尾からそっと離れる。と、同時にひらりと信繁が目の前から去った。手を伸ばしても触れられぬところまで離れた若き馬廻りが、両手を左右にかかげる。侍の礼節や道理からかけ離れた信繁の行いに、正信は完全に呆気《あつけ》に取られていた。

「器量を測るなどという無礼を働きながら、その見立てを口にせぬつもりか」

問うた家康の視線を逸らすように、信繁が目を伏せた。

「もしかしたら……」

若き馬廻りがつぶやく。

あの正信が若僧に完全に呑まれている。

家康は黙したまま続きを待つ。

信繁の顔がふたたび持ち上がり、にこやかな笑顔が露わになる。

「今日、徳川殿を突き落とさなんだことを、某は何時の日か後悔することになるやもしれませぬな」

「お、御主は儂を」

崖から突き落とすために、現れたというのか。

「いったい何故」

訳がわからないから、素直な想いが言葉となって家康の口から零《こぼ》れ落ちた。

「さて」

若き馬廻りの顔から笑みが消えた。

「何故にござりましょうな」

眉間に皺を寄せて考えている。どうやら、信繁自身、何故家康を崖から突き落とそうとしたのかを忘れているようだった。

「思い出せっ！」

思わず叫んでいた。

「何故、儂は御主に突き落とされねばならぬのじゃっ！」

「突き落としておりませぬ」

素《す》っ頓狂《とんきよう》な声で信繁が答える。

「そういうことを申しておる訳では……」

「わかっておりまする」

「殿、この者をこのままにしておく訳には参りま……」

「黙っておれ」

正信の差し出がましい言葉にも腹が立つ。

己とこの若僧の戦場なのだ。余人が入り込む隙《すき》などない。

訳も解らず崖から突き落とされてはたまったものではない。訳を聞かねば家康は引き下がれない。

訳も解らず崖から突き落とそうと背後に近寄ったというのなら、深い道理を抱き堅き決意のもとに忍び寄る者よりも、家康にとっては何倍も恐ろしい。

理屈がないからだ。

頭で考えるよりも先に体が動く。それは、どんなに深い策よりも、己に純粋であるともいえる。短慮な者であるならば、それはただの蛮行に過ぎない。福島正則《ふくしままさのり》や加藤《かとう》清正《きよまさ》らのような武辺者の衝動であるならば、ただの暴力である。

しかし信繁にはそれとは別の智の煌《きら》めきを感じるのだ。深い思考が脳裡に張り巡らされていて、それが策となって結実する前に体が動く。

家康が一人で崖から海を眺めている。

この男は生かしておいてはならぬ。

突き落とす。

そこまで考えて、信繁は崖まで歩み、そして声をかけた。

「何故、止めた」

「は」

「何故、儂に声をかけた」

「あぁ」

もうすでに家康に興味を失っているのか、信繁は気の抜けた顔でうなずいた。それから欠伸《あくび》を押し殺すように鼻の穴を大きく開きながら、深く息を吸う。

「答えろ」

「ここで死ぬ訳には行かぬからです」

「儂がか」

「某が」

「どういう……」

「徳川殿を突き落としたら、某はただでは済みますまい。某が腹を切るのは当然のことして、事と次第によれば真田の家も危うい」

「御主は自分の命を危ぶんだというのか」

「左様」

呆れるくらい爽やかに信繁は笑った。

意味が……。

心の底からわからない。

この男は家康の理解の範疇《はんちゅう》を超えている。

この男と関わり合いになってはいけないと、家康の戦人としての勘が告げていた。

「行け」

「殿」

「黙っておれ」

無事で帰してなるものかとばかりに、正信が鼻息を荒くするのを家康は見もせずに、信繁にむかって顎を突き出す。

「さっさと去《い》ね」

「はは」

小さな辞儀をして信繁が平然と背をむけ、坂を降り始める。

「あの者を生かしておいて良いのですか」

怒りに肩を震わせながら、謀略の腹心が問うてくる。

「あのような痴《し》れ者《もの》など放っておけ。あのような者は役には立たん。戦場で早死にするのが関の山よ」

吐き棄てた家康は、背に染め抜かれた六文銭から目を背けた。

「あの時、殺しておけば良かったわ」

家康のつぶやきに、大坂からの愚かな使いが目を丸くした。己にかけられた言葉と勘違いでもしたのか、頬が引き攣っている。しかし、もはや家康の心は、目の前の愚者に捉われてなどいなかった。

あの日、信繁が己に感じた漠然とした予感は、いまこの時のことだったのではないのか。

この男は殺しておかなければならない。

名護屋の地で信繁を駆り立てた衝動は、現在の二人の関係に、奇妙なほど符合している。

いま信繁は、あの時家康を崖から突き落とさなかったことを身震いするほどに後悔していることだろう。

生かしてはおけぬ……。

「豊臣もろとも成敗してくれるわ」

「あ、あの」

「下がれ」

「は」

「豊臣の存念は良うわかった。下がれ」

「しかし」

「死にたいのか御主は。これ以上、儂を怒らせるな」

愚かなほど哀れに体を縮め、若侍は仰《の》け反《ぞ》ると同時に腰を抜かした。

「ど、どうか……。お、御助けを……」

「正純」

腹心の男の名を呼ぶ。

駿府に隠居した家康のかたわらには、本多正信の子である正純が侍《はべ》っている。使者と面談している間も、障子戸《しょうじど》をへだてたむこうに、息を潜めて控えていた。

家康に名を呼ばれた正純は、一糸乱れぬこなれた身のこなしで部屋に入って来ると、腰を抜かした使者の背後に控えた。

「其奴を叩き出せ」

「はは」

「どうか……。どうか……」

うわごとのようにつぶやく愚者の背後にまわった正純が、両脇を抱えながら踏ん張った。そのままずるずると豊臣の使者を引き摺《ず》りながら、部屋から出て行く。

一人取り残された家康は決意を固めた。

翌日、伊勢《いせ》、美濃《みの》、尾張《おわり》、三河《みかわ》の諸大名に対し、家康は伏見《ふしみ》、鳥羽《とば》への出陣を命じた。あくる日には、西国の大名たちに対しても、出陣を命じる。

婚礼出席のために家康が名古屋に着いたその日、将軍秀忠もまた京、畿内周辺の警戒のためと称して、上洛の途についた。

あまりにも短い平穏はこうして破られたのだった。

弐　大野修理治長

もはや……。

かつての豊臣家など見る影もなかった。

「望む所じゃっ!」

大坂城の大広間に轟《とどろ》いた雷鳴にも似た胴間声《どうまごえ》に、大野修理治長は静かに目を閉じた。

声の主は長曾我部盛親《ちょうそかべもりちか》という、かつて四国の大大名であった男である。関ヶ原の折に毛利《もうり》方に与し、国を失い浪々の身となったが、先の戦の折に治長がみずから城に招いた。

豊臣家が勝利した暁《あかつき》には土佐《とさ》一国を与える。

それが殺し文句だった。

餓えた四国生まれの牢人は、すぐに餌《えさ》に飛びついた。

そして、戦が終わった後も、大坂城に居座っている。

「そもそも和議の条件自体が無理難題であったのだ。敵ははじめから戦を止めるつもりなどなかったのじゃ」

鼻息を荒らげ、盛親が拳《こぶし》を振るう。荒武者に同調するように、広間の左右に控える豊臣の直臣《じきしん》たちの幾人かが顔を紅潮させてうなずいている。

先の戦によって、牢人たちに心を寄せる者たちも増えた。

敗けた訳ではない。和議なのだ。己たちは徳川に率いられた日ノ本全土の大名たちと互角に戦った。

それまで戦など満足にしたことのなかった者たちが、牢人たちの奮戦に煽《あお》られ、槍を手にして城内を駆け回った挙句、いっぱしの武人になったかのような心地のまま、和議をむかえてしまった。

愚かな……。

心に思えど口にはしない。

もはや城内はかつてのように、冷静な言葉で論陣を張れるような雰囲気ではなかった。

水を差すようなことを口にすれば、命を狙われかねない。たとえ淀の方の乳母子《めのとご》であったとしても、豊臣家直臣の筆頭格であったとしても、そんな物は血気に逸《はや》るいまの家臣たちには関係なかった。

徳川許すまじ……。

その一念は怨念となって、大坂城に渦巻いている。徳川との関係を冷静に考えられるような者は、直臣にも少なかった。

「二の丸と三の丸を打ち壊し、堀まで埋めさせるなど、大坂城を丸裸にするような行いではないか。徳川は我等の牙を抜きとうて仕方無かったのじゃ」

盛親の威勢の良い怒鳴り声に、そうじゃそうじゃと方々から声が上がる。

四国生まれの牢人の言う通りだ。

徳川は豊臣家の牙を抜いてしまいたかったのである。

「このような和議などはなから受け入れられるものではなかったのだ」

まるで和議を結んだこと自体を責めるかのごとき盛親の言葉に、異を唱える者はいなかった。

上座の秀頼とその母は、むくつけき男たちの熱に浮かされた姿を、他人事《ひとごと》のように眺めている。あれほど威を張っていた淀の方が、本丸御殿の私室に砲弾を喰らってからというもの、すっかり意気消沈していた。上っ面にはいまだに当主の母としての威厳を張り付かせてはいたが、心の奥底に芽生えてしまった徳川への恐怖は拭いきれていない。長年身近に仕えてきた治長には、淀の方の変化が手に取るようにわかった。

和議をまとめたのは治長である。

二の丸三の丸の破却と堀の埋め立て。

豊臣家の所領安堵。

移封を望む時は代わりの領地を徳川方が用意する。

淀の方を人質には取らない。

牢人たちの罪は問わない。

主な条件はこの五点であった。

豊臣家への譲歩が感じられる条件であると、治長はいまでも思っている。

これ以上、豊臣が下手な真似をしなければ、畿内の領地は安堵されるし、他の大名のように江戸に人質を送ることもない。豊臣は別格であるということを、家康が認めたまま戦を終わることができたのだ。

「駿府の狸《たぬき》は、豊臣家を滅ぼしたくて仕方が無いのじゃっ！」

耳障りな声が不躾に耳を汚すことに耐えられなかった。本来ならば席を立ち、評定を辞するのだが、いまの治長にはそれも許されない。

昔なら……。

思うままに振る舞えた。

直臣たちは治長の智謀に一目置き、家臣筆頭であることを誰もが認めていた。治長が首を縦に振ればすべてが応であり、横に振ればすべてが否だった。

いま席を立ったところで、いったいどれほどの者が治長に目をむけるだろうか。むけたとしても、呼び止める者など一人もいないはずだ。

不満を口にしたとて、耳を傾ける者はいない。文人の戯言《たわごと》程度に聞き流された後、荒々しい四国の武人ががなり立てる大声に、皆して首を縦に振る。

うつむいて時が過ぎるのを必死に待つ治長を尻目に、盛親が勢い良く立ち上がって拳を振り上げた。

「先の戦で、儂等は決して負けてはおらぬっ！　おらぬのじゃっ！　のぉ、真田殿っ！」

かたわらに座した紅の鎧《よろい》武者に、盛親が唾《つば》の飛沫《しぶき》を吐きかける。当の本人は気付いておらず、吐きかけられた真田信繁は、そっと頬を韘で拭いつつ、微笑のまま四国の荒武者を見上げた。

「其処許《そこもと》が築かれた真田丸にて、敵は多くの兵を失った。其処許の奮戦に駆り立てられるようにして、我等も二十万の敵を前に一歩も引かなんだ。そして御主じゃ、団《だん》右衛《え》門《もん》っ！」

「応っ！」

呼ばれた大男が、盛親にうながされるようにして立ち上がる。

先の戦がはじまる前、この大広間に通された牢人は五人だけだった。明石全登《あかしてるずみ》、毛利勝永《かつなが》、後藤又兵衛《ごとうまたべえ》、真田信繁、そして長曾我部盛親である。牢人のなかでも豊臣家が使者を遣わして、城に招き入れた五人だけが、秀頼との面会が叶う評定の席に呼ばれる権利を有していた。

それがどうだ。

先の戦で功のあった者が、評定に列席することを許されたことで、左右の壁に背をむけて座した譜代の家臣とは別に、広間中央に横並びで二列ほど、牢人たちが並んでいる。

その牢人たちの列のなかでも盛親と一二を争うほどの巨軀を有する男が立ち上がったものだから、皆の視線は二人の荒武者に集中する。

「二十人あまりの手勢を率いて城を出て、不忠者、蜂須賀至鎮《はちすかよししげ》の陣所に夜討ちをかけ、敵将、中村右近《なかむらうこん》をはじめとした二十もの首級を上げ、塙団右衛門《ばんだんえもん》の名を敵味方に知らしめた。これほどの武功を挙げた者は敵にはおらぬっ！　勢いは我等にあったのじゃっ！」

塙団右衛門は、城に入った当初、治長の配下に組み込まれていた。加藤嘉明《よしあき》の元で、鉄砲大将をつとめ、それなりの功があったらしい。団右衛門にも城へと招く使者が遣わされたというのだが、盛親ら五人に比べれば格は一段も二段も落ちる。それ故、先の戦での夜討ちの一件の前には、治長は塙団右衛門なる者の名すら知らなかった。

そもそも。

蜂須賀家の陣所への夜襲を企んだのは、治長の弟の治房《はるふさ》なのである。治房も団右衛門とともに夜襲に加わったのだが、団右衛門が己の名を記した木札を敵の陣所にばら撒《ま》いたために、団右衛門の名だけが取り沙汰《ざた》されることになったのである。

そんな数ヵ月前までどこの馬の骨とも知れなかった武辺者が、豊臣家の惣領のいる上座にむかって胸を張りながら、大声でがなり立てているのだから、言葉を失う。

「某が相対した敵は、いずれも鈍《なまく》らでござり申した。某とまともに刃を交えられた者は皆無。二合目まで耐えた者すらおりませなんだ。陣所の将であった渡辺何某《わたなべなにがし》ですら、某の槍を避けることすらままならず、喉を貫かれなにが起こったのか知らぬまま死に果て申した。徳川の天下に甘んじ、槍を持つことよりも城にて頭を垂れることに慣れてしもうた弱卒どもなど、我等の敵ではございませぬ」

どの口が……。

つい反論の言葉が喉元まで迫り上がって来る。

この者たちは自分たちのことを過大に評価していることに気付いていない。

真田丸や団右衛門の夜討ちはたしかに功を奏した。だがその反面、牢人たちの不手際によって奪われた砦も多くあるではないか。木津川口《きづがわぐち》の砦を蜂須賀至鎮に奪われた時には、守将であった明石全登は大坂城で眠っていた。博労淵《ばくろうぶち》を奪われた際にはもっと酷い。守将の薄田兼相《すすきだかねすけ》は、女郎の元へ遊びに行き、そのまま眠ってしまい、戦に間に合わなかったというではないか。

いずれも牢人衆の不始末である。

みずからに都合の良い事実ばかりを言い連ねて敗けぬと言ったところで、そんなあやふやな展望になどなんの意味もない。

「さっきから得心が行かぬようではありませぬか」

盛親の胴間声が降って来る。

「修理殿っ！」

己にむけられた言葉だとは、毛ほども思っていなかった治長は、驚きで肩を震わせることを回避するだけで精一杯で、返す言葉など見付けられようはずもなかった。白目に紅い筋を走らせた四国の武人が、殺意の眼差しを治長にむけながら鼻息を荒らげている。そんな盛親を父か兄とでも思っているのか、隣に立つ団右衛門も腹が立つ目付きで治長を見下ろしていた。

「戦が始まるまではあれほど滑らかであった修理殿の舌が、戦がはじまって以来、すっかりなりを潜めてしまいましたな」

無礼者……。

心のなかで吐き棄てる。

関ヶ原の戦の前までは土佐の領主であったかもしれぬが、この城に入るまでは大坂で童を相手に読み書きを教えていた牢人ではないか。そんな下賤な者に、これほどの無礼極まりない言葉を浴びせ掛けられる謂《いわ》れはない。

毛に覆われた鬼瓦《おにがわら》が近づいて来る。

もはや牢人たちは、豊臣家の惣領とその母が列席する評定の席であることなど構いもしない。我が者顔で大広間を闊歩《かっぽ》する野良犬が、治長の目の前でしゃがむ。

「さっきから、儂の申すことが気に入らんといわんばかりに眉根を寄せておられたが、申したきことがあれば、はっきりと申されればよろしかろう」

殺すぞ……。

ぎらついた盛親の目から放たれる圧に満ちた光が、治長の喉を締めつける。

治長など、所詮は淀の方の乳母子でしかない。

己が手で武功を立てて伸し上がった訳でも、政の才を買われて秀頼の側《そば》に侍ることを許された訳でもないのだ。

たまたまである。

秀吉が存命中は、歯牙にもかけられなかった。秀吉が死に、幼い秀頼に政を任せられず、豊臣家の舵取りが淀の方に委ねられるに至って、治長は重臣の列に連なることを許された。

「なにか申されよ」

黙したままの治長を盛親が責める。

こういう押し引きを避けてきた。

淀の方の寵愛を受けているという一事において、豊臣家に厳然たる地歩を築いただけの治長には、重臣に取り立てられた時からすでに手駒が揃っていた。面倒事はすべて他者に任せれば良かったし、その者が上手くやれば褒《ほ》めてやり、不始末をしでかせば責めるだけで良かった。

重要な裁決はすべて、みずからの裁量よりも先に、男勝りな淀の方が決するから、治長は家臣たちにそれを伝えるだけで十分役目をまっとうすることができたのである。

人任せ。

それで十分だった。

「なにが不服じゃ」

おそらく盛親は、そんな治長の底意など、わかったうえで間合いを詰めて来ているのだ。

無能な乳母子風情になにができる……。

この城に入った時から、そう思っていたのかもしれない。

それでも。

牢人たちがこれほどのさばる前は良かった。豊臣家の権威に牢人たちを抑えるだけの力があった時は、重臣筆頭である治長の言葉にも野良犬たちが頭を垂れるだけの力があった。

しかし今は、治長にはなんの力もない。

「あのような和議の条件を御呑みになられたのは、豊臣家を滅ぼしても良いと思われたからではないのか、修理殿」

歯に衣着せぬ盛親の不躾な問いに、治長は胸を締め付けられる。

同じだ……。

己が片桐東市正且元《かたぎりひがしいちのかみかつもと》を責めた時と。

治長は先の戦の契機となった事件を思い出す。

方広寺《ほうこうじ》の梵鐘《ぼんしょう》に刻まれた〝国家安康〟〝君臣豊楽〟という語を巡り、徳川家康への弁明のため且元を駿府に送ったのは、治長だった。秀頼の傅役《もりやく》である且元は、徳川家との折衝役を長年務めてきたから、人選としては適任だったのであるが、豊臣家の命運を左右するかもしれぬ重大事であったのだから、重臣筆頭である治長みずからが駿府に赴くという手も十分に考えられた。

逃げた。

百戦錬磨、老獪《ろうかい》な家康と対峙して、十分な弁明をできる自信がなかった。それまでも徳川家との間に起こる面倒事はすべて且元に任せてきたのである。今回も且元になにもかも背負わせて駿府へ向かわせることに、治長にはなんの抵抗もなかった。

これに横槍が入った。

淀の方がみずからの乳母を駿府にむかわせたいと言ってきたのである。淀の方の乳母は、治長の母だ。母自身も淀の方の名代として駿府に行くと言って聞かない。結局、且元にはいっさい告げることなく、母は駿府へむかった。

そして面倒なことが起こった。

母と、その連れであった渡辺糺《ただす》の母は、駿府城で家康に会い、梵鐘のことは気にするなと穏便に諭《さと》され、上機嫌で帰ってきた。

一方且元は、家康への面会を許されぬばかりか、城への登城すら拒まれ、本多正純と金地院崇伝《こんちいんすうでん》に厳しい言葉を投げかけられて戻って来たのである。

淀の方を江戸へと人質に遣わし、秀頼は大坂城を退去するなどという、豊臣家が徳川家に屈服するかのごとき条件をこの広間で提示した且元を、淀の方は謀反人だと責めた。淀の方の決裁は豊臣家の総意である。もちろん治長も、淀の方とともに且元を責めた。

長年、秀頼の傅役として身を粉にして豊臣家に尽くしてきた忠臣は、突然みずからに降りかかった謀反人という罪業に耐え兼ね、その日のうちに城を去った。

「どうじゃ修理殿。申したきことはござらぬか」

申し開きをしなければ、謀反人である……。

歪《いびつ》に吊り上がる盛親の唇の間からのぞく黄色い牙が、獲物を求めるように汚らしい唾でぬらぬらと輝いている。治長が謀反人であることを認めれば、下賤な野良犬はその意地汚い口をかっと開き、黄色く光る牙を治長の白い首筋に突き立てるのではないか。そう考えると背筋に怖気《おぞけ》が走る。首を嚙み切られることが恐ろしいのではない。あの汚らしい歯が己の首に触れることが、たまらなく恐ろしいのだ。

「某は……」

とにかく何か言わなければ、この場を切り抜けることは出来ない。腹が定まらぬまま、治長はうつろな言葉を吐いた。

「良い加減になされよ長曾我部殿」

牢人の列のなかから澄んだ声が鳴った。

「ちっ」

舌打ちとともに盛親が大仰に振り返る。盛り上がった肩を揺らしながら、四国の野良犬が声を発した男の前に立つ。

深紅の陣羽織に純白の六文銭が眩しい。

真田信繁が、盛親の見下ろす視線を真っ直ぐに受け止めていた。

「それ以上、修理殿を責めても致し方ありますまい」

広間のすべての者が呑まれていた盛親の覇気を平然と受け流しながら、信繁が涼やかに言ってのけた。

「あぁん」

片方の眉を吊り上げながら、盛親が右の耳を信繁の面前へと突き出す。

と……。

するすると伸びた信繁の右手が、盛親の貧相な耳朶《みみたぶ》をつかんだ。

「痛っ！」

「まずは御座りになられよ」

耳朶を捻《ね》じるようにして、信繁が野良犬の巨軀を指だけで制する。痛みに耐えかねるようにして、盛親がどすんと尻を床に打ちつけた。野良犬が座ってもなお、信繁は耳朶をつかんだまま放さない。

「秀頼様の御前にござるぞ。これ以上の無礼は見苦しゅうござりまする」

「放せ」

「放しませぬ」

笑いながら信繁が耳朶を苛《さいな》む。頭一つほど信繁よりも大きい盛親の頭が、深紅の鎧を締める腰帯ほどのところまで下がっていた。

「放さんか」

盛親の声に殺気が滲む。

「止めろっ！」

父か兄かと慕う野良犬の無様《ぶざま》な姿を前に、団右衛門が戸惑いに揺れる声で叫ぶ。盛親の耳朶をつかんだまま、信繁が今なお立ったままの荒くれ者を見上げた。

「其方も座れ」

「止め……」

「座れと申しておる」

圧のない信繁の声が、鼻息を荒らげる団右衛門を呑み込む。

「もう一度申すぞ。座れ」

「くっ」

団右衛門が右の掌を力強く握りしめ、それをゆっくりと振り上げようとする。不敵な信繁になんとか抗して、武辺者の面目を保とうとする団右衛門の背を、新たな声が打つ。

「これ以上、無様な姿を晒せば、これまでの御主の武功も台無しだぞ」

漆黒《しっこく》の武者……。

「後藤又兵衛」

治長は男の名を忘我のうちに口にしていた。

大坂城に入った牢人のなかでも屈指の大物二人に制されてなお抗《あらが》うだけの勇気は、さすがに団右衛門にもなかった。歯を食い縛りながら、振り上げようとしていた拳を開いて、盛親の背後にどかりと座った。

「御主はどうする」

「なにを……」

耳朶を捻じられながら、盛親が苦悶《くもん》の声を吐く。

「このまま大人しく列に戻るか。それとも……」

「それとも」

「死ぬか」

言った信繁の耳朶をつかんでいない左手が、腰のあたりにある盛親の首の奥にある、喉仏をつかんだ。親指と人差し指で、野良犬の喉でうごめく突起をつまみ、信繁はささやく。

「答えぬならば、このまま捻じり潰す。間は無いぞ。さぁ答えよ」

「わかったから放せ」

「なにがわかったのじゃ」

野良犬の喉仏をつかんだまま、信繁は平然と問う。その様を淡々と眺める又兵衛も、どうして良いのかわからず戸惑っている団右衛門も、二人の間に割って入ろうとはしない。

「修理殿を責めはせぬ」

「それだけではない」

「なに」

喉仏をつまむ手に力が籠ったのか、盛親の声が掠《かす》れている。

「こは評定の席ぞ。秀頼様も御方様もおられる場ぞ。すこしは弁えよ」

「しょ、承知した」

「戻られよ」

信繁は耳朶に手をやったまま、盛親の背後の団右衛門に視線をくれる。

「御主もじゃ」

かくかくと首を上下させて、団右衛門が牢人衆の列にもどってゆく。それをたしかめてから、信繁は盛親の耳と首から手を放した。

「さぁ、御戻りになられよ」

「思い上がるなよ」

吐き棄てるように言って膝を滑らせ己が座っていた場所へと戻る盛親の殺意に満ちた視線を笑みのまま受け流した信繁が、上座にむかって深々と頭を垂れた。

「見苦しきものを御見せいたしました」

「良い」

感情の揺れを感じさせぬ平坦な声が、上座から降って来る。

信繁を見習うように、治長も顔を伏せる。

「治長」

秀頼に名を呼ばれ、伏せていた顔を上座にむけた。

「もはや……」

父である秀吉に似ぬ細く整った眉をへの字に曲げて、秀頼が悲しそうな目で治長を見ている。

「家康殿の御気持ちは変わらぬのか」

「恐らくは」

埋め立てられた堀を掘り返し、城の周囲に柵を築いていることを耳にした家康は、秀頼に対して移封を進言していた。大坂を離れ、大和郡山《やまとこおりやま》あたりに領地を移してはどうかというのである。

堀を掘り返し、柵を築いているのは牢人どもの仕業であり、豊臣家は与り知らぬことという建前をもって、大坂から逃げることで、豊臣家の存続を図ってはどうかという申し出であった。

承服できる話ではなかった。

十万もの牢人が大坂に蟠踞している。先の戦は決して敗れた訳ではない。そう信じて疑わない荒くれ者たちが、惣構えが崩壊し、二の丸三の丸さえ失った大坂城の周辺を幾重にも取り囲んでいるのである。もし、豊臣家が密かに徳川と手を結び、大坂を離れようとしたらどうなるか。

考えただけでも身の毛がよだつ。

捨て去る物などなにひとつない野良犬の群れが頼っているのは、豊臣という名だけなのだ。

我は豊臣家中の武士である。

禄は得ずとも、胸を張ってそう名乗れるという一点において、腹を空かした野良犬たちは大坂を離れないのだ。

もはや、彼等に餌をくれる大名は日ノ本には一人もいない。太平の世に喰いっぱぐれてしまった十万もの痩《や》せ犬たちにとって、この城は己が身を立てる証なのだ。

密かに城を出るなどということができるはずがない。徳川と手を結んだことは、一夜のうちに牢人衆に伝わり、この城は十万匹の野犬の群れに囲まれてしまう。一度招き入れてしまった野良犬たちには、餌をやり続けなければならぬのだ。

移封の申し出は断わった。

秀頼の名代を遣わして孫の婿、妻の祖父という関係まで壊すようなことはしたくなかったから、治長は己が臣を駿府に遣わした。

どうやらこれがまずかったらしい。

大野家の使者などを遣わして、移封を固辞するなど無礼千万と、家康は腹を立てた。戻ってきた使者から事の顚末を聞いた治長は、秀頼と議し、今度は豊臣家の臣である青木《あおき》一重《かずしげ》と母の大蔵卿局《おおくらきょうのつぼね》ら女四人を、家康の逗留先である名古屋へと差し向けた。

一重たちはいまだ戻ってはいない。

「青木等は家康殿を取り成してはくれまいかの」

秀頼の目が治長から逸れ、牢人衆にむいた。主の視線を受けた信繁が、恭しく頭を垂れながら静かに口を開いた。

「難しゅうござりまする」

治長も同じ想いであった。

青木一重は、豊臣家の臣となる以前に徳川家に仕えていたことがある。旧臣の頼みならば、家康も聞き届けるのではないかという淡い期待を込めての人選であったが、事がここまでこじれてしまうと、旧き情などという甘い想いで事が好転するとは、さすがに思えなかった。

堀を掘り返し、柵を巡らし、移封さえも断わったのである。戦を望んでいると思われても仕方が無いではないか。

「そうか……」

束の間、目を伏せた秀頼が、後方に目をむけた。

視線の先に淀の方が座っている。あれほど居丈高であった惣領の母は、私室への着弾の後、すっかり変わってしまった。

瓦礫《がれき》に埋もれた淀の方を助け出した時のことを治長は思い出す。

己が死を垣間見て恐れる母に、秀頼はすべてを見透かしていたような言葉を投げかけた。

これで御解りになられましたか……。

そう母に告げた秀頼は、家康は己と二条城《にじょう》で面会した時から豊臣家を滅ぼすつもりであったと語り、徳川家への服属と和議以外に生き残る道はないと諭した。恐れ、動揺していた淀の方は、思うがままであると思っていた我が子の思いがけぬ注進を耳にして、心にまとっていた分厚い鎧を脱いでしまった。

其方の好きになさい……。

そう言って、秀頼の思うままに和議を進めさせた淀の方は、以降政に口出しすることはなかった。

「母上」

盛親の荒々しい演説の最中も、治長への詰問に際しても、その後の信繁の行いにもいっさい関心を示さなかった淀の方が、息子に呼ばれて目を広間にむけた。居並ぶ牢人たちを見た惣領の母は、一瞬汚物を見るように顔を歪めてから、目を伏せる。

「母上」

もう一度名を呼ばれ、淀の方はようやく息子に目をむけた。

「もはや戦はやむなしかと」

「其方の好きになさい」

過日と同じ文言を力無く吐き棄てると、ふたたび淀の方は目を伏せて口を閉じた。

治長の胸に怒りの火が灯《とも》る。

己が仕えてきたのは秀頼ではない。

淀の方だ。

淀の方こそが、大野治長という男の終生の主なのである。

武士はみずからを守《も》り立ててくれた者への恩を死ぬまで忘れはしない。秀吉は信長《のぶなが》から受けた大恩を忘れなかった。淀の方がいたから今の治長はある。その恩を忘れるつもりはない。忘恩の徒に成り下がるくらいなら死んだ方がましである。

だが。

いまの腑抜けた淀の方では、恩を返すことすらままならぬではないか。

治長が守るべきなのは豊臣家ではない。

淀の方なのだ。

たとえこの城が燃え尽きようと、あの人だけは守り抜く。

その想いに嘘はない。

「御方様」

気付けば。

上座にむかって投げかけていた。

ここは主からの言葉を待つべき間であると、広間じゅうの者が思い定めていた最中である。治長の声は隅々にまで届いた。皆の視線が譜代の先頭に座した治長の澄ました顔に集中している。

しかし呼ばれた当の本人だけは、治長を見ずに上座に敷かれた畳をぼんやりと眺めていた。

「なんだ治長」

母に代わって、秀頼が問うてくる。しかし治長は、豊臣家の惣領を無視して、己が主を注視しながら床に手を突いた。

「御方様の存念を御伺いいたしとうござりまする」

「秀頼様の好きになされよと申されたではないか。のぉ」

小馬鹿にするようにつぶやいた盛親が周囲の牢人衆に声をかける。場の気配を悟った牢人たちは、軽率な盛親の言葉に耳を傾けはしなかった。浮いた形となった盛親は咳払いをひとつ吐いて、下唇を突き出しながら押し黙った。

治長は……。

野良犬の声など耳に入らなかった。

「御答えくだされ御方様」

「すまぬ治長。母上は先の戦より御体を壊しておられる」

御主も知っているはずだ。と、秀頼の悲し気な目が語っていた。

わかっている。

それでも。

問う。

「これまで豊臣家の行くべき道を御決めになられてきたのは御方様にござります」

無礼な、というささやきが家臣たちから聞こえたが、耳を貸さない。秀頼に対して無礼であったとしても、事実は事実である。

豊臣家の真の主は淀の方。

それを疑う者は半年前までこの城には一人もいなかったのだ。

「目を背けられてはなりませぬ」

言って治長は、己が主に深々と頭を垂れた。

上座から声が返ってくることはない。広間の男たちも、いきなり何を言い出すのかといわんばかりに、誰もが口をつぐんで治長のやりようをうかがっている。

静かに顔を上げ、上座に目をむけた。

なにか言いたげに目を細めながら、秀頼が治長を見ている。その傍らで、どうしてよいのか解らぬように淀の方が牢人たちを眺めていた。

「御方様」

背を押すように治長は告げる。牢人たちを眺めていた淀の方の、濡れた瞳が己を主と見定める唯一の武士へとむく。

治長は静かにうなずいた。

思うままに御言葉を……。

他の誰のためでもない。

己のためだけに。

淀の方を主と慕う己だけのために、命を下してくれ。

心に念じながら、淀の方を見上げる。

「修理」

「は」

名を呼ばれ、毅然《きぜん》と答える。

もはやかつての豊臣家ではない。野良犬たちが大手を振って城中を闊歩し、主すらないがしろにする傍若無人の振る舞いを改めようともしない。

そんな変わり果てた城のなかで、治長は変わらぬ物を求めた。

強さだ。

己が主の揺るぎない強さ。

それさえあれば、治長はふたたび立ち上がることができる。

「妾《わらわ》は……」

「母上」

口籠った母のほうに振り返り、秀頼が血の筋が透けて見えるほど白い母の掌に、己が手を伸ばした。

母の手を両手で握りしめながら、秀頼が穏やかな声を吐く。

「某も母上の御存念を伺いとう存じまする」

「秀頼」

己が父の面影を有する我が子の目を、淀の方が見据えた。目尻から涙がひと筋こぼれ落ちる。

「泣いておるような時ではあるまい」

吐き棄てるようにささやいた盛親の声が、治長の耳に届いた。斬り捨ててやりたい衝動に駆られたが、治長より先に信繁が動いた。首だけを盛親にむけた信繁は、上座の二人に気を使うように、四国の野良犬にむかって冷たくささやく。

「黙らぬと殺す」

余計な語のいっさいを排した言葉が、愚かな盛親に突き刺さる。四国の猪《いのしし》武者が口をつぐむ。それをたしかめると、信繁は笑みのまま、少しだけ膝を前にすべらせて、牢人の列からわずかに進み出た。

「差し出がましきこととは存ずれど、真田左衛門佐、言上《ごんじょう》仕りまする」

見つめ合っていた親子が、下座の牢人に顔をむけた。それをたしかめもせず、信繁は頭を伏せたまま言葉を紡ぐ。

「大野修理殿の仰せの通り、長きにわたり幼き秀頼様に代わり、豊臣家の行く道を定めて参られたのが御方様であることは間違いありませぬ。家康が征夷大将軍に任じられ、数多《あまた》の大名が徳川に頭を垂れて後も、豊臣家が別格であったのは御方様の尽力の賜物《たまもの》にござりまする。修理殿の申される通り、御方様がこの場で御存念を明言なされることで、豊臣家は一枚岩となって徳川と相対することができましょう」

「修理や信繁の申す通りにござります」

母の手を握ったままの秀頼が、信繁の言葉を受け、言った。

「母上あっての豊臣家にござる」

信繁の加勢など治長は求めていなかった。もしかしたら秀頼の力添えすら不要であったのかもしれない。

皆にとっての淀の方など、どうでも良いのである。

ただひたすらに主命を欲しただけなのだ。

「妾は」

主がつぶやく。もう、軽率に口を挟む者は一人もいなかった。

「秀頼と豊臣家を失いたくはない」

昔ほどの力のない声であった。言葉にも勢いがない。豊臣家の惣領という自覚に欠けた、母としての言葉であった。

それでも……。

間違いなく淀の方の言葉だった。

秀頼を失いたくない。

豊臣家を滅ぼしたくない。

それだけ聞ければ十分だった。これで治長は思う存分戦える。

福島正則のように戦働きで功を成した訳ではない。石田《いしだ》三成《みつなり》のように政に才を発揮した訳でもない。

ただの主の乳母子。

それだけの男が腹を括る理由は、主の願いを守ること以外になかった。縁によって身を立てた。だからこれまで、漠然と生きて来た。主だった者たちが家康に領地を与えられ大名となり、豊臣家から離れてしまった。秀吉亡き後の豊臣家にあって、才に乏しき者たちしかいない家中を、実権を握る者の乳母子という地位のみによって器用に泳いでここまで来たのだ。死ぬような目になど一度も遭ったことがない。家康暗殺の謀略に加担したとして下総《しもうさ》に流された時でも、淀の方がかならず助けてくれると信じていたから、露ほども恐ろしいとは思わなかった。

そう……。

これまでの治長は、ずっとなんとかなってきたのだ。流れに従ってさえいれば、荒波など訪れず、主の大きな傘の下でぬくぬくと豊臣家臣団の筆頭という立場に甘んじていられたのである。

それだけの男なのだ。

それだけの男だからこそ。

返さなければならぬ大恩がある。

臍《へそ》の下に力を込め、覚悟を決めてから、治長は上座へと声を張る。

「豊臣家を滅ぼさぬためには、徳川に降《くだ》るしかありますまい」

「馬脚《ばきやく》を顕わしたか修理殿」

四国の野良犬の声などに耳を傾けている暇など無い。

構わず続ける。

「本来ならば移封の申し出を受けるべきでござりました」

「なんだ、それは」

家康の申し出のことなど、牢人たちには伝えてない。伝える必要もなかった。盛親のつぶやきに答えてやる義理はない。治長はただ一心に主にむけてだけ言葉を紡ぐ。

「牢人どもと手を切って、大和郡山へとむかうべきでござりました」

いまなお名古屋の家康の元には青木等、大坂からの使者が留まっているはずだ。だが、彼等には移封に従うなどという返答は託していない。どれほど家康が秀頼や主のことを責めようと、柳の枝のごとく受け流し、怒りをなだめるよう伝えただけだ。

「よもや戦は避けられませぬ」

深々と頭を垂れる。

「それはすべて、牢人どもを恐れ、徳川への服属を進言せなんだ我ら豊臣譜代の臣の所為にござりまする」

「なっ、なにを言うかっ！」

「黙れ」

激した盛親をたしなめたのは、信繁ではなく後藤又兵衛の沈んだ声だった。

同じ了見を有した牢人衆に背を支えられるようにして、治長はみずからの想いを言葉にして紡ぎ出す。

「密かに徳川と結ぶべきでござりました」

思えば……。

これほど素直に己が想いを主に語ったことが、これまであっただろうか。ない。

女である主の機嫌を損なわぬよう、聞き心地の良い言葉ばかりを選び、阿《おもね》ることしか考えていなかった。上座にむける言葉は常に、主の意に添うものばかり。たとえそれが、豊臣家にとって仇《あだ》となるとわかっていても、主の心がそちらにむかうのであれば、己が想いを押し殺してでも、主に寄り添う言葉を選んだ。

「もはや事ここに至っては、徳川と手切れをいたさねばなりますまい。四方に放った物見の報せによれば、畿内周辺の大名たちは密かに兵の支度を整えておるとのこと」

男たちがざわめいている。牢人はおろか、豊臣家の臣たちにも秘していた事実であった。秀頼と主も、もちろん知らない。

治長は続ける。

「秀頼様が申された通り、駿府の狸ははじめから大坂を許すつもりはなかったのでしょう。で、あればこそ、御方様の望みを叶えるためには、どこまでも徳川に頭を垂れるしか道はなかったのでございます」

治長自身も、ここまで卑屈な想いなど今日この時まで、欠片《かけら》ほども心に抱いてなどいなかった。

徳川は豊臣の臣である。

主の揺るがぬ想いに引き摺られ、どれだけ豊臣恩顧の大名たちが徳川にひれ伏そうとも豊臣家こそが日ノ本の侍の惣領であることを疑いもしなかった。

「我等が徳川に刃向かえば刃向かうほど、駿府の狸はほくそ笑んでおったのでありましょう」

語っていると、腹の底が鉛を呑んだように重くなってゆく。

これまで治長は、老いぼれた狸の掌で泳がされていたのだ。治長だけではない。主も同様だ。

「関白に任じられる豊臣家こそが武家の惣領。そのような些末《さまつ》な矜持のために、実権を有する徳川と反目してしまったことが、このような事態を生んだ元凶にござります」

家康への腹立たしい気持ちに変わりはないが、治長の心は不思議と澄み渡ってい
た。これまで己自身でも思ってもみなかった想いが、次々と言葉になって溢れ出す。
知覚はしていなかったが、治長自身の心の裡にあった想いなのであろう。主が抱く徳
川への嫉妬と豊臣家の矜持に、本来の治長は密かに違和を抱いていたのだ。牢人ども
がなんと言おうが、主のために生きると腹を括った。殺されても構わない。死への恐
れを振り切ることで、治長は主からも解放されたのかもしれない。

「しかし今となっては後の祭にございます」

顔を上げる。

気付けば淀の方が目を見開き、治長を見つめていた。弱さが幾何《いくばく》か消えた顔に、う
っすらと赤みが射している。治長は主だけを見つめて続けた。

「もはや牢人どもの力を借りるしか、我等が生き残る術は無きものと存じまする。移
封もせぬ、徳川に頭も垂れぬ。そんな豊臣家が日ノ本に残るには、秀頼様が生きるに
は、勝つ以外に道はございませぬ」

先刻まで皆に戦を説いていた盛親も、鬼気迫る治長の弁舌に聞き入っている。静寂
に包まれた広間に、治長の声だけが響く。

「勝ちを得るのは生やさしいことではござりますまい」

言って深紅の鎧武者を見た。

「そうであろう真田殿」

いきなり問われた信繁は、顎に手を当てひとしきり思いを巡らした後、淡々と語り始めた。

「恐らく敵は先の戦と変わらぬ数の兵を擁して攻めて参りましょう。それに対し我等は惣構えを失い丸裸。先の戦よりも厳しき戦いになるのは必定。勝つと言うは容易《たやす》いが、やるは難しい……」

言った信繁の目が又兵衛をとらえる。漆黒の荒武者は、真田の惣領の視線を受け、無言のまま深くうなずいた。

「それでも」

治長は一心に真田に語る。

「勝たねばならぬ。そして」

今度は左右に居並ぶ豊臣譜代の臣たちに目をむけた。

「我等には戦に勝つための策はござらぬ。真田殿の知恵を借りねば、主家を保つことすらできぬのじゃ」

穏やかな信繁の声が、逸る治長の心に染み入る。柔らかく誘《いざな》われた治長の目が、ふたたび深紅の武士をとらえた。

笑っている。

命の瀬戸際に立っているとは思えぬほど、心休まるなんとも心地の良い笑顔だった。

「まずは秀頼様の存念を御聞きせねばなりますまい」

「あぁ」

父か兄のごとき気安い言葉にうながされるように、治長は素直に上座へと顔をむけていた。

母子が上座の中央で身を寄せ合っている。頼もしい信繁の佇まいとは比べるべくもないほどにか弱い母子の姿には、日ノ本を統《す》べる者であるという自負など微塵もなかった。

それでも。

治長の主である。

「殿」

「修理殿」

頭を垂れる。

「修理」

秀頼の声が降って来た。

「真田殿の申す通り、殿の存念を御聞かせいただけませぬでしょうか」

「うむ」

驚くことに、秀頼の声には迷いの揺らぎは感じられなかった。

「母上」

秀頼が主に語りかける。治長は顔を伏せているから、主がどんな姿であるのか知る由もない。主の返答はなく、秀頼が静かに語りはじめた。

「先刻からの皆の言葉のひとつひとつが、豊臣を想うてのものであることに、胸が締め付けられる想いであった。修理の申す通りじゃ。もはや戦は避けられぬ。真田よ」

「はは」

語りかけられた信繁が、治長の視界の端で頭を垂れた。

「勝ってくれとは申さぬ。我等とともに戦ってくれるか」

「無論」

揺るぎない返答だった。

「我等は」

秀頼が広間の皆にむかって告げる。

「徳川とふたたび刃を交える」

この評定の翌日、秀頼は治長や信繁たちを引き連れて、大坂城の周囲を巡見してまわった。秀頼の姿を直に見た牢人たちは、戦の再来を予見し、心を震わせた。

この時すでに、家康は大坂にむけて諸大名への兵を差し向けている。

戦国の終幕を告げる戦が始まった。

参　浅野但馬守長晟

「ええい小賢しいっ」

火を吹く城下を駆けずりまわる敵を馬上から見下ろしながら、浅野但馬守長晟《たじまのかみながあきら》は憎しみを込めた言葉を吐き棄てた。

みずからの城を背後に抱く、和歌山《わかやま》の城下である。

大坂にむけて出陣してすぐのことであった。敵は長晟たちが不在である隙を衝いて、和歌山城を乗っ取ろうと企んでいたらしい。

「一揆にございまする」

脇に控える家老の上田重安《しげやす》がつぶやいた。

「宗箇《そうこ》」

長晟は重安を、彼が昔名乗っていた名で呼んだ。かつて豊臣家の臣であった重安は、関ヶ原の戦いで毛利方に与し領地を没収され、剃髪《ていはつ》して僧になった。その時に名乗ったのが宗箇という名である。僧のまま阿波《あわ》蜂須賀家に客分扱いで召し抱えられていたのだが、長晟の養女と、重安の妻が姉妹であるという縁もあり、浅野家に仕官し、家老に任じた。この際、関ヶ原の折に毛利方に与した罪を許され還俗しているのだが、長晟はかつての呼び名である宗箇を好んで使用している。己よりも二十三も年《とし》嵩《かさ》で五十の坂を登り終えた重安の風貌は、毛髪を伸ばし強《こわ》い髭を蓄えた今も、僧呂然としているから、宗箇という名のほうがしっくりくるのだ。

昔の名を呼ばれた重安が、馬を並べ主の横顔を静かに覗き込む。

「奴等は百姓どもか」

「いいえ」

「ではなんじゃ」

苛立ち紛れに問う。

足軽にいたるまで胴丸や鎧をしっかりと着込んだ浅野家の軍勢に追い立てられている敵は、野盗のごとき風貌である。得物は統一されておらず、槍や薙刀《なぎなた》はまだよく、太刀を振り回しながら、長柄の槍に突かれて果てる者も少なくない。鎧兜《かぶと》を満足に着けているのは数人で、どうやらそれは、大将格の者等であるらしい。とてもではないが、満足な禄を得ている者の率いる兵ではなかった。

「土豪、地侍の類でありましょう。恐らくは大坂方からの恩賞をあてにしての一揆にございましょうな」

徳川家から知行地として和歌山を与えられた浅野家のことを快く思っていない土豪や地侍がいることは、長晟も知っている。長年の地縁もなく、幕府からの命によって今日から長晟が主であるといわれても、土地の者たちは素直に頭を垂れられるものではないのかもしれない。

しかしそれが天下というものだ。

徳川将軍家の元に、武士の世は安寧を取り戻したのである。秩序は徳川家によって保たれているのだ。

どれだけ不服を述べたところで、その事実は変わらない。

浅野家は豊臣恩顧の大名……。

本来ならば、それは揺るがしようのない事実なのだ。恩顧などという生易しい縁ではないのだから。

長晟の父である長政《ながまさ》は秀吉の正室、於禰《おね》の義理の兄である。つまり長晟にとって、秀吉は叔父、於禰は叔母にあたるのだ。

血縁によって浅野家は豊臣家の与力となり、秀吉の出世とともに家を大きくしていった。いま大坂城に居座っている者たちなどよりも、何倍も豊臣家との縁は濃いのである。

しかし。

いまなお浅野家を豊臣恩顧の大名であると見る者は少ない。

関ヶ原の戦の折には父、長政と当時家督を継いでいた兄の幸長《よしなが》がそろって徳川に与して従軍。三成によって敵の総大将に担がれていた毛利輝元《てるもと》との間を取り成した功などを認められて、戦後和歌山三十七万石を与えられた。

その兄、幸長が嫡子亡きまま二年前に病死したことで、長晟が浅野家の家督を継いだ。

今回、家康が駿府を離れるための口実とした尾張名古屋での九男、義直の婚儀の相手は、その兄の娘であった。

浅野家は徳川家と縁続きなのである。

いまさら誰も、浅野家を豊臣家と繋げる者はいない。

「上手く立ち回っただけではないか……。と、思われておるのであろうな」

「は」

主のつぶやきの意が読み取れぬのか、重安が首を傾げる。

「奴等によ」

目の前で逃げ惑っているのは、いずれも徳川の世の波に乗れなかった者達である。功と呼べるような働きもできず、公儀より遣わされてきた主に頭を垂れることでしか糊口を凌《しの》げない。薄暗い鬱屈を胸に抱えたまま、徳川の世を生きて来たのだ。

豊臣家が勝てば、長年の鬱屈も晴れる。

恩賞という餌をちらつかされて、地侍たちは武器を取ったのだ。

だが、腰を上げたのは数百あまりの小勢であった。大坂表への出陣のために長晟が揃えた五千の敵ではない。

伊勢津《つ》二十二万石の大名、藤堂高虎《とうどうたかとら》の軍勢と合流するために、長晟は五千の手勢とともに城を出た。

すでに西国だけではなく日ノ本全土の大名に、将軍からの出陣命令が下っている。

名古屋で息子の婚儀を見届けた家康は、その足で上洛の途についた。

家康が名古屋に到着した日に、京周辺の警戒のためという名目で江戸城を出た秀忠も、家康が上洛した三日後、伏見城へ到着した。伊達政宗《だてまさむね》、前田利常《としつね》、上杉景勝《かげかつ》、池田利隆《いけだとしたか》ら、全国の大名たちも次々と親子の元に馳せ参じ、戦は避けられぬ状況となった。

都に集った親子は、二条城にて譜代の家臣たちと軍議を開き、参集した大名たちの軍勢を二手に分けて進軍させることにした。一方は淀《よど》川左岸の京街道《きょうかいどう》を南下して河内《かわち》から大坂に入る。もう一方は大和国《やまとのくに》を迂回しながら大坂に入る。両軍は大坂城の東南方面にある道明寺《どうみょうじ》付近にて合流することに決した。

河内を行くのは家康、秀忠親子が率いる十二万あまりの軍勢。大和を行くのは秀忠の弟、松平忠輝《まつだいらただてる》が率いる三万五千。総勢十五万五千という大軍が、大坂に集おうとしていた。

大坂の南方に位置する和歌山を領する長晟は、京都所司代、板倉勝重からの要請もあって、同じく大坂南方伊勢を領する高虎と呼応し大和方面軍との合流を図ったのである。

その間隙《かんげき》をついての一揆勢の攻撃であった。

「殿」

重安が馬上で身を乗り出しながら告げた。重臣の方へと目をやると、そのかたわらに粗末な身形《みなり》の足軽が跪《ひざまず》いている。

「どうした」

「大和方面へと差し向けており申した斥候《せっこう》にござりまする」

重安の手の者ということなのであろう。長晟は斥候など命じた覚えはない。

「どうした」

足軽から目を逸らし、重安の髭面に問う。

「昨夜、大和郡山城が落ちましてござります」

「なんじゃと」

右の眉尻《まゆじり》をひくつかせ、長晟は重臣をにらむ。

「豊臣か」

「無論」

それ以外になにが考えられるのかと言いたげに、重安が深くうなずく。

難攻不落という言葉は、大坂城にこそ相応《ふさわ》しいと長晟は思っている。たとえ二の丸三の丸を破却され、堀を埋め立てられたとしても、堅城という幻想はそう易々と断ち切れるものではない。

大坂城は、城攻めに類稀《まれ》な才を発揮した太閤殿下が己の戦働きのすべてを注ぎ込んで築いた城なのだ。

腐っても鯛。

豊臣家の侍たちが大坂城を打って出て、敵の城を奪うとは思ってもみなかった。

「大野治房率いる軍勢が迫り来ると、筒井《つつい》殿は千あまりの手勢とともに門を固く閉ざし抗する構えを見せたのですが、味方の兵の逃散《ちょうさん》が相次ぎ、みずからも城を捨て御逃げになられたとのこと」

「敵は」

「郡山の城を手中に納めた敵は、城を出てなおも進軍しておるとのことにござります る」

どうやら重安の足元に控える男は、それを見届けてから和歌山に走ったのだろう。

「来るか」

「恐らくは」

答えた家老が鼻から息を吐いた。

「まさか……」

「どうした」

つぶやいた重安に先をうながす。

「この一揆は、治房等と呼応しておるのやもしれませぬ」

「なんじゃと」

「敵の狙いはこの和歌山……」

「儂の背を脅かすために、地侍どもを焚《た》き付けおったのか」

「そう考えると辻褄《つじつま》が合いまする」

重安の推測は、十分に考えられ得る話であった。和歌山の地侍たちの一揆には、豊臣からの恩賞話が絡《から》んでいる。大野治房等の出兵がこれに呼応してのものだとしても、なんらおかしくはない。むしろ、重安の推測のように考える方が理に適っているといえよう。

「一揆勢に城を奪われ退路を失った儂等を、挟み撃ちにするつもりであったのだな。敵は……」

主のつぶやきに重安が重々しくうなずく。

だが。

すでに一揆勢は軍勢の体を成していない。

「千にも満たぬ烏合《うごう》の衆になにができる」

炎を背に逃げ惑う敵を見据えながら、長晟は吐き棄てた。

「如何なさりまするか」

眼前の敵を退けた後のことを重安は問うている。

「城に戻っておる暇はない」

「迎え撃ちまするか」

「無論よ」

手綱《たづな》を握る手に力が籠る。

「思うてみれば……」

家老は無言で主の独白を聞いている。

「先の戦の折も、はじめに刃を振るうたのは我等であったな」

冬。

大坂城を囲んだ際、木津川口の砦を攻めたいと家康に申し出た阿波蜂須賀家の当主、至鎮とともに、長晟は木津川口の砦を攻めた。実際には、朝を待って攻める手筈であったところ、至鎮の抜け駆けにより夜のうちに戦ははじまった。蜂須賀家と砦を守る兵たちが干戈を交えているところに乱入するかたちで、長晟も戦に加わった。

この戦が、冬の大戦の初戦になったのである。

「よもや、また儂が真っ先に戦うことになろうとはな」

狙われたのだから仕方がない。

長晟は不敵に笑う。

「一人残らず城下から蹴散らし、すぐに北へむかうぞ」

二万……。

「それほどとはな」

和泉《いずみ》の南部に位置する信達《しんだち》に定めた本陣にて、長晟は居並ぶ家臣たちを前につぶやいた。彼等の顔色を気にしているだけの余裕がない。声の震えを抑えることすら忘れ、忘我のうちに口から漏れ出たつぶやきであった。

すでに先陣は和泉佐野《さの》あたりまで達している。

「岸和田《きしわだ》城を攻めた敵の先陣は、守将の小出吉英《こいでよしひで》、金森可重《かなもりよししげ》らの堅固な守りを前に深追いはせず、包囲のための兵を残し、南へと歩を進め申した」

汗と泥に塗《まみ》れた顔を引き攣らせながら、三方を床几《しょうぎ》の列に囲まれた雑兵《ぞうひょう》が語る。

長晟が命じた斥候であった。一揆勢を退け、北へ向かう際に数人放った者のなかの一人である。

居並ぶ重臣たちの険しい視線に晒されながら、敵の群れの只中から舞い戻ったままの姿で、若い斥候は堅い口調で続けた。

「岸和田を攻めた先陣の後方に控えていた本隊が、豊臣に靡《なび》かぬ堺《さかい》の町衆に業《ごう》を煮やし、町を焼き払うたという噂も耳にし申した」

「かつては堺の町衆どもは豊臣の味方であったのだがな」

重臣の列から声が聞こえた。

たしかに秀吉が存命の頃は、堺と豊臣家は蜜月の間柄であった。銭をみずからの権力の礎《いしずえ》としていた秀吉は、商人《あきんど》の街である堺との繋がりを重要視していた。堺の商人であり茶人であった千利休《せんのりきゅう》をみずからの側に置き、堺の商人たちと茶の湯を介して交わり、彼等を優遇して富を蓄えたのである。

その銭の力で豊臣家は大名たちの心をつかみ、いまなお牢人たちを城内に囲い続けているのだ。

しかし、もはや利に聡《さと》い堺の商人たちにとって、豊臣家は銭にならぬ不用品であった。徳川こそが天下であり、徳川に気に入られることこそが、もっとも銭に近い。そのあたりの機微に疎《うと》い者に商いが務まるわけがない。どれだけ刃をちらつかせて靡かせようとしても、堺の商人がふたたび豊臣に阿るはずがないではないか。

「怒りのために町を焼いてなんになる」

長晟の声に重臣たちがうなずきで応える。

もし万が一、豊臣が勝ったとしても、もはや堺の商人たちが心の底から豊臣に阿ることはない。賢い商人たちのこと。面の皮では笑ってみせるかもしれないが、面従腹背。かならずや豊臣の敵となる。

万が一などあるはずもないのだが。

「堺の街を焼いた敵は和歌山を目指して南下を続けておりまする。その数、二万」

最前、長晟たちの前に現れてすぐに吐いた数を、若き斥候はふたたび口にした。

「二万もの兵を大坂から出したか……」

長晟のすぐそばから声が聞こえた。

重臣たちの床几の列の最前に座る老人である。烏帽子《えぼし》の下の眉も髭も真っ白であった。

浅野忠吉《ただよし》。

長晟の父、長政の従兄《いとこ》にあたる一門衆の長老である。六十九という高齢でありながら、いまなお甲冑を着込んで参陣する信じられぬ翁であった。

「殿」

一門衆の長老が、上座に据えられた長晟の床几のほうへと体をむけた。

「先の戦の折、大坂に集うた兵は十万あまりでござった。今度の戦においても同数ほどの兵が集うておるとして、二万といえば全軍の二割。敵は本気で和歌山を落としに来ておりまするぞ」

流暢《りゅうちょう》に言い放つ長老の顔が、小刻みに揺れていた。己ではどうすることもできぬのであろう。真剣な眼差しを長晟にむけたまま、長老の頭がふるふるふるふるふる揺れていた。

咳払いをして邪念を振り払い、長晟は気を引き締め老臣を直視して答える。

「右近《うこん》殿の申される通りじゃ」

忠吉はみずからの官位である右近大夫《たいふ》から、家中の者に右近と呼ばれていた。死んだ父や兄もそう呼んでいたから、長晟も彼を右近と呼ぶ。

老臣の揺れる顔を視界の真ん中におさめながら、長晟はそれを正視せぬよう努めながら続けた。

「敵は堺、岸和田を攻め落とし、大坂城より南方に広がる平地を押さえんとしておるのでしょう」

彎曲《わんきょく》した大坂湾に沿うようにして、大坂城の南方には平野が広がっている。その平野を包み込む形で山々が連なり、和泉佐野のあたりから急激に平地は狭まっていた。和歌山へ抜けるにはこの山々を抜けねばならず、道は極端に狭くなる。

「我等を討ち果たし、南方の憂いを取り払いたいのでござりましょう」

主ではあるが、右近とは四十もの歳の差があるのだ。一門衆の長老には自然と敬語になる。

「故に二万……」

顔を左右に揺らしながら右近が溜息混じりに言った。

家臣たちの顔には一様に暗い影が射している。西に傾き紅の光を放つ陽に照らされているからではない。それよりもなお暗い、死の影のような不吉な闇がいずれの顔にもこびりついていた。

無理もない。

和歌山じゅうから兵を掻き集めて、五千の兵を用意した。数百あまりの一揆勢ならば、ひと息に追い払うこともできるが、さすがに二万もの兵を相手にすることは考えてもみなかった。

家康と将軍の命によって諸国から集められる兵は二十万を超すはずである。それだけの兵数があるからこそ、五千という数でも満足に戦えるのだ。

二万に五千で当たる……。

一人が四人殺せば良いなどという簡単な話ではないのだ。

「明日には敵が到来いたします」

斥候が淡々と言った。

「如何《いか》に」

そうつぶやいて、長老は一度大きく鼻から息を吸った。それを吐いたかどうかわからぬうちに、ゆるゆると顔を震わせながら続ける。

「なさりまするか殿。敵は我等の四倍にござる。生半な備えでは敵いませぬぞ」

「生半な備えか……」

満足な支度は整えている。だからといって、四倍もの兵と戦うような事態になるとは考えてもみなかった。もちろん、大軍勢を寡兵で討つような策など、長晟の頭のどこを探しても見つかるわけはない。

関ヶ原の時に十五。兄が死ぬまでは惣領ですらなかったのだ。若き頃に将軍、秀忠に見出され、その小姓を務め二万石ほどの所領を得て、兄と離れても大名の格を有することができていた。二年前までは、よもや己が浅野家の惣領になるとは思ってもみなかったのである。

正直慣れない。

大身の大名であることに。

二万石程度の家禄の弱小大名あたりの身分が気楽で良かった。それならば、五千もの兵を引き連れて出陣することもなかったし、こうして敵に目を付けられることもなかったのである。

勢いに乗っている時は良いのだが、こうして劣勢に立たされると、とたんに浅野家という名が重くなってしまう。

何故……。

兄は嫡男も無く死んでしまったのか。

「恨みまするぞ」

「は」

忘我のうちの主の独白に、右近が首を傾げる。それに堅い笑みを返してから、長晟は二年前から己が臣となった男たちを端から端まで見渡す。

「誰ぞ、なにか良き策はあるか」

まず、みずからが道を示す。などという戦国の将のような真似などできるはずもなかった。

できぬことはしない。

わからぬことは聞く。

どれだけ不細工であっても、些末な矜持を見透かされるよりはましだ。

浅野家の惣領になる際に、己に言い聞かせたことである。

だから長晟はわからぬことは家臣に問う。

「なれば」

家臣の列から声が上がった。

上田重安である。

「なにかあるか宗箇」

主の問いに重安がちいさくうなずいてから、強《こわ》い髭を揺らす。

「いずれにせよ、できることは限られております。待ち受けるか、城に退くか。このふたつにひとつでござりまする」

五十がらみの家老は言い切った。

戦うか、逃げるか。

たしかに道はそのふたつだろう。

重安は続ける。

「このまま速やかに城に退き、堅く門を閉じて敵を迎え撃つ。そうして大御所様と将軍様の到来を待ちまする。二万の兵を和歌山に縛り付けたとなれば、そは武功でありこそすれ、恥とはなりませぬ。大御所様、将軍様いずれも御解りになられるはず」

一気にまくしたてると重安は口を真一文字に結んだ。

城に籠るべき……。

この家老はそう説いているのだ。

たしかに重安の言う通り、二万もの兵を和歌山に縛り付け、これから大坂に到来するであろう二十万の味方にて後背を襲わせれば、敵は全軍の二割もの兵を失うことになる。そうなれば、和歌山に敵を引き込んだ長晟の武功は疑うべくもない。しかも城に籠れば、余計な損害を受けずに済む。

たしかに身入りが多く、損の少ない策である。

が……。

「他に誰か思うことはないか」

重安の献策のみで評定を決するのは、いささか気が引けた。長晟自身は、このまま重安の策を採ってさっさと城に退いても良かったのだが、他の家臣たちの策も聞いておかなければ、贔屓《ひいき》に見られかねぬと思った。どこで誰が己に不満の念を抱くかわからぬのだ。

兄の死によって惣領になって二年。いまだ家臣たちは長晟を品定めしている最中である。たとえ前惣領の弟であるとはいえ、いつ何時梯子《はしご》を外されるかわかったものではない。

「おらぬか」

押し黙る家臣たちにもう一度問う。

「なれば某がっ！」

威勢の良い声が陣幕を震わせる。

家老衆のなかでも一際大柄な老人であった。六十にならんとする今なお、盛り上がった肉を覆う巨大な鎧が男たちの群れのなかでも目を引く。

亀田《かめだ》高綱《たかつな》。

柴田《しばた》家の臣であったが、勝家《かついえ》が秀吉に敗れた後に名を変え、浅野家の臣となった。多くの戦に参じ、武功によって身を立てた苦労人である。

「なんじゃ権兵衛《ごんべえ》、申したきことがあるならば、申せ」

長晟はわずかに頬を緩めながら、高綱の通称を口にした。

某のことは権兵衛と呼んでくだされっ！

二年前、長晟が浅野家の家督を継いだ時、重臣たちとの目通りの席で高綱はそう言って豪快に笑った。以来、長晟は高綱を権兵衛と呼ぶ。

「承知っ！」

この六十間近の家老は、いちいち声が大きい。

老いてもなお、しゃんと背筋を伸ばし、胸を張りながら権兵衛がみずからの想いを口にする。

「打って出る！　それしかありますまいてっ！」

これまでの流れを平然と無視しながら、老武士は言い放った。

「話を聞いておったのか」

嫌悪の情を隠しもせず、重安の顔が渋面《じゅうめん》に変じた。

「敵は二万。我が方が五千。正面からぶつかって勝てる相手ではない」

「やってみねば解りますまいっ！」

小動《こゆる》ぎもせぬ自信を言葉にみなぎらせて、高綱は続けた。

「ここで退くは敵の思う壺にござりまするぞ。そもそも我等はまだ敵を目《ま》の当たりにしておりませぬ」

「なにが言いたい」

長晟との血縁により家老となった重安が、叩き上げの老武士に詰め寄る。しかし、どれだけ追及の矛先をむけられようと、高綱の瞳に輝く覇気の光に衰えはない。

「敵と刃を交えぬまま城に退いたとなれば、武士の名折れにござりましょう。まずは敵と相見《あいまみ》え、その後、敵わぬと知れてから退いても遅くはござりますまい」

「敵に背を向け逃げると申すか」

「殿《しんがり》は某が承りましょう」

「其方のごとき老いぼれに殿など任せるわけがなかろう」

「こは異なことを申される。某は幼き頃より柴田修理《しゅり》殿の元、槍一本をたずさえ戦場を駆け回っており申した。戦を知らぬそこらへんの青二才には決して敗けませぬぞ」

御主にもな……。

重安を真っ直ぐに見遣る自信みなぎる眼光が、そう続けているように長晟には見えた。

「今ここで退けば、敵には知れぬまま城に入ることができる。一兵も損なうことなく二万の兵と相対することができるのじゃ」

「それを臆病じゃと大御所様が断じられたら、どうなされるおつもりか。戦好きの大御所様じゃ。二万の兵が到来すると知り、それでも五千の兵とともに戦ったとなれば、たとえ敗れて城に退いたとて、詰《なじ》られることはありますまい」

「わかったような口を利くではないか」

た。

老いぼれの口喧嘩《くちげんか》の決着を待っていられるほど、長晟には時は残されていなかった。

「もう良い」

決めるのは惣領である己なのだ。

籠城か野戦か。

真逆の献策である。

これ以上、家臣たちの機嫌取りのために問いを投げる必要はない。

重安の嫌悪の視線を受けながらも笑みを絶やさない老武士を長晟は見た。

「権兵衛」

「ははっ!」

名を呼ばれて嬉々《きき》として答えた高綱は、床几の上で堂々と胸を張る。

「敵と刃を交えると御主は申すが、四倍もの敵と相対するのじゃ。策はあるのであろうな」

「勿論にござる!」

言い切った高綱を横目に、重安が小さな溜息を吐いた。

「樫井《かしい》に陣を布《し》きまする」

「樫井か」

「左様っ！」

高綱の意図を察した数人の重臣が、言葉にならない声を吐いた。反感というよりも、納得するような響きである。

男たちの気持ちは、長晟にもわからなくもなかった。

高綱が口にした樫井という地は、先陣が布陣する佐野よりも後方に位置し、西方の大坂湾と東方の山々のために、平地が狭く伸びている。狭隘《きょうあい》な樫井の地であれば、二万という大軍の利点を活かすことができず、逆にこちらは、進軍してくる敵を正面から迎え撃つことができる。

「樫井であれば、十分に戦えまするっ！」

高綱の言葉に迷いはない。

「如何《いかが》っ！」

長晟ではなく、渋面のままの重安に老武士が問う。

「決めるのは殿じゃ」

ぎらついた高綱の視線から逃げるように、重安が上座に顔をむけた。

「如何なさりまするか殿」

籠城か野戦か……。

好きな方を選べ。

ぞんざいに言い放った重安の声音《こわね》に、そんな乱暴な気配を感じる。

家臣たちの顔には、かすかな紅潮が見て取れる。どうやら、今の高綱の策に心を躍らせているようであった。

戦いたい。

輝く瞳が語っている。

何故……。

長晟は心の裡で皆に問う。

何故、そうまでして戦いたいのか。

重安が言うように、速やかに退いて堅く門を閉ざし、後詰の到来を待つほうが誰も死なずに済むではないか。二十万もの後詰が来るのは確実なのである。勝てぬ籠城ではないのだ。

重安や高綱のような老臣でもない限り、ここに集う男たちの大半は長晟同様、戦というものがなんたるかを知らない。先の戦の折も、抜け駆けして木津川口を攻めた蜂須賀家の軍勢に急《せ》かされるようにして、遮二無二《しゃにむに》戦場を駆け回っていただけである。

その後の包囲戦において、最前線となったのは城の南方であり、西方に布陣していた長晟たちが敵兵と激しく刃を交えることはなかった。

「ひ」

退く……。

そう、喉の奥まで出かかった。

「殿」

一門衆の筆頭の掠れた声が、長晟を止めた。齢六十九の浅野忠吉が、重そうな鎧に身を包み、頭を振りながら語る。

「権兵衛の申す通り、樫井であれば二万程度の敵であれば五千で迎え撃てまする。布陣は我等に御任せいただき、殿は本陣に腰を据えておられれば、戦は終わりましょう」

一門衆だけではない、この場の最年長である忠吉の助け舟に高綱の瞳の光が増す。

「某が安松《やすまつ》の松林に潜み、敵の最前を行く者たちに奇襲を仕掛けましょう。銃撃で動揺させ、兵を退き樫井に引き込んで見せましょうぞっ！」

高綱が吠《ほ》えると、長老の隣に座した一門衆の次席ともいえる浅野氏重《うじしげ》が腰を浮かせ、口を開く。

「なれば某が樫井にて敵を待ち構え、逃げる権兵衛を追うようにして樫井へ入ってきた敵を、迎え撃ちましょう」

父、長政の養父の子である氏重は、いわば長晟とは血の繋がらぬ叔父甥といえる間柄であった。歳は五十になるかならぬという高綱や重安たちに近い。長晟にとっては死んだ兄、幸長の次に頼りがいのある縁者であった。

その氏重が、高綱や忠吉に同調して、樫井での迎撃で話を進めてゆく。

「なれば儂は長滝《ながたき》に陣を布き、左衛門佐《さえもんのすけ》を助けようではないか」

氏重を、その職名である左衛門佐と呼びながら一門衆の長老が笑う。年が明ければ七十の大台に乗ろうというのに、その言葉は驚くほど明晰《めいせき》であった。

「殿っ！　やれまするぞっ！」

一門衆筆頭と次席の後押しを受けた高綱が、床几から身を大きく乗り出しながら言い放つ。

長晟は横目で重安を見た。

先刻まで籠城策をあれほど押していた重安が、もはやなにを言っても無駄だといわんばかりに上座からの視線を受け流すように虚空《こくう》を見つめている。

「本当に……」

弱気な心が口から零れ落ちる。

長晟は高綱をにらむ。

「二万もの敵を相手にして勝てるのだな」

なんの根拠もないくせに、叩き上げの猪武者が力強くうなずく。

「わかった」

長晟は観念する。

「樫井に引き、敵を待ち構える。右近殿、左衛門佐殿、権兵衛の布陣は思うままに許す。他の者はこれより陣立てを決める故、沙汰があるまでみずからの兵とともに待て」

男たちの熱気を帯びた同意の声を聞きながら、長晟はあと五年、惣領になるのが早ければ良かったのにと思う。

二年前に死んだ兄を恨む。

今も生きていてくれれば、いや、もっと早く死んでくれていれば、これほど家臣たちの顔色を意識する必要はなかった。

籠城する。

誰の目も気にすることなく、きっぱりと言い切ることができたのだ。

危ない橋を渡ることもなかった。

「皆、頼んだぞ」

惣領になって日の浅い長晟は、家臣たちにすがるしかなかった。

銃声が間断なく空を震わせ続けている。

夕刻の評定の後、すみやかに樫井に退いて急ごしらえの陣立て通りに家臣たちとともに布陣を終え、長晟は本陣で一夜を明かした。東の空が白々と明けはじめはしたが、まだ陽の姿は見えていない。

明日は戦と思うと目が冴《さ》えて、長晟は眠れぬ夜を過ごした。朝方になってやっと寝入ったかと思った矢先に、高綱が布陣している安松の方から銃声が聞こえ始め、長晟は近習《きんじゅ》に叩き起こされるようにして急ぎ甲冑を身に付けて本陣に設《しつら》えられた床几に腰を落ち着けた。

長晟が座る床几の前方に人の姿はない。幔幕《まんまく》は大きく開かれ、本陣を据えた丘陵から樫井の地が見渡せる。

北方、佐野に近い安松に残った高綱がいるであろう松林から、幾筋もの煙が立ち上っている。弾を撃ち尽くさんばかりに、高綱の兵たちが引き金を絞っているのだ。

黒煙が上がる松林の脇に、見慣れぬ軍勢が屯《たむろ》している。

敵だ。

「おい」

重臣たちは、それぞれの陣にて兵とともに敵を待ち構えている。長晟は脇に控えた若い近習に声をかけた。短い返事の声を吐いた甲冑姿の若者が、長晟の左方に跪いた。

「見ろ」

閉じたままの扇《おうぎ》の先で、安松の松林のあたりにいる敵を指す。

「あれが二万か」

「いいえ」

若者が言い切った。

三十になろうとする長晟が、戦を知らぬのだ。主の半ばほどしか人の生を歩んでいない近習風情の目でも、高綱の銃撃を受ける敵が二万に満たないのは明らかだった。

足りない。

いや。

足りないどころの話ではない。

「三千になるかならぬかという程度にござりましょう」

遠慮がちに近習がつぶやく。長晟も若者と同じことを思っていた。眼下の兵はどれだけ多く見積もっても五千には絶対に届かない。三千五百もいれば良いほうで、戦慣れした高綱あたりに言わせれば、やはり三千前後の数を口にするだろうと思えた。

「他の敵はどうした」

問うてからすぐに、この若者にわかるはずがないと思い直し、長晟は返答を待たずにおもむろに床几から立ち上がった。

歩を進め幔幕を出る。先刻の若き近習が後を追う。

本陣を守る兵たちが、長晟の姿を認め、左右を固める。兵たちを引き連れるようにして、長晟は丘陵の突端に立った。

松林に潜んでいた高綱たちが、ゆっくりと退いてゆく。後退をはじめた高綱の兵を追うようにして、千ほどの敵が樫井にむかって進んで来る。

どれほど目をこらして敵の背後を見てみても、後続の姿はなかった。

「斥候か」

おもむろにつぶやく。すると、背後から先刻の近習の声が聞こえて来た。

「斥候にしては数が多過ぎましょう。先陣であるかと存じまする」

「先陣……」

だとすれば、あまりにも後続から離れすぎてやしまいか。

「敵の大将は誰じゃ」

「銃声が届くとともに前線に遣いの者を走らせております。直《じき》に戻ってくるかと」

家臣たちに抜かりはない。長晟の命を待たずにやるべきことは済ませている。

「たしか大野主馬《しゆめ》の旗は白地に鉈《なた》……。敵のなかに大野主馬の旗は見当たりませぬ」

敵の将、大野治房の姿がないというのなら、やはりあの敵は本隊ではない。

「敵は眼前の小勢だけと思うな。気を抜いてはならぬと皆に伝えよ」

「はっ」

近習が各所に布陣する家臣たちにむけて伝令を遣わす支度に取りかかる。

そうこうするうちに、高綱が率いる兵たちが一糸乱れぬ動きでじりじりと後退し、奇襲で頭に血を上らせた敵を樫井へと引き込んでゆく。

「良し、良し……」

つぶやく長晟の手のなかで扇がみしりと悲鳴を上げる。気付かぬうちに両端を左右の手で握りしめ、力を込めていた。悲鳴を耳にした長晟はとっさに扇を右手のみで握り直し、しずかに帯に差し込んだ。

昨夜の評定で高綱や氏重が口にしていた策が形になってゆくのが、面白くて仕方がない。高綱の用兵が巧妙であるのか、敵が一心不乱に逃げる兵を追うようにして樫井にむかってくる。

「伝令からの報せにございます」

長晟の脇に侍り続ける近習が告げる。

「なんじゃ」

主の問いを受け、若侍が伝令からの言葉を口にする。

「安松にて亀田様の兵と相見えし敵は、塙直之《なおゆき》、岡部《おかべ》則綱《のりつな》が率いし者どもであるとのこと」

「塙……」

岡部何某に聞き覚えはなかったが、塙直之という名には覚えがあった。

「そはたしか、蜂須賀殿の御陣に夜討ちをかけた者の名ではないか」

「左様にござりまする」

近習の短い答えが、長晟の問いを肯定していた。

先の戦の折、大御所家康の命により大坂城への砲撃が開始され、諸大名に対しては みだりに城に攻めかかることが禁じられ、両軍は睨み合いのまま膠着《こうちゃく》の様相を呈した。この時、塙直之は、二十人ほどの兵を引き連れ密かに城を脱し、蜂須賀至鎮配下の中村右近の陣所に夜討ちをかけた。いきなりの襲撃にうろたえる敵を、直之たちは斬りまくり、見事、敵将である中村右近の首を得たのである。右近以外にも直之たちは二十あまりの敵の首を得て、城に戻った。

それだけでも膠着した戦場に、塙直之の名は轟いたであろうが、この時の直之の行動が睨み合う両軍の間で話題となった。

直之が去った血塗れの中村右近の陣所に、〝塙団右衛門直之〟と荒々しい文字で墨《ぼく》書《しょ》された札がばら撒かれていたのだ。

夜討ちを掛けるだけではなく、己が名を敵に知らしめんとする直之の行いに、長晟たちのような戦を知らぬ侍たちは、戦国の矜持を見たような気がした。

だが……。

それがなんだというのか。

「猪武者めが」

樫井で待ち受ける浅野左衛門佐氏重や上田宗箇重安等の軍勢に取り囲まれようとしている敵勢を睨みつけ、長晟は憎々しげにつぶやく。

先の戦にて、塙団右衛門直之の名と、その行いを耳にした時、長晟は塙直之という男に嫌悪の情を抱いた。

戦場でどれだけ名を売ろうと、どれだけ敵の首を刈ろうと、もはやこの国に仕官の口など無いのだ。

戦は絶えた。

恐らく大坂城を巡るこの戦が終われば、この国からは戦は消え失せてしまう。

武《ぶ》働きに長《た》けた者など、いまからの世には無用の長物以外の何物でもないのだ。どれだけ槍を上手くさばけようと、どれだけ正確に矢を放てようと、城務めが出来なければ話にならない。読み書きも満足にできず、算用のさの字も知らぬような武辺者が生きる道など、これより先の武門にはないのだ。

だから、塙直之のごとき、戦場での功名にしか目の行かぬ者など、長晟ははなから興味がない。いや、興味がないどころか、目障《は》りだとすら思う。

叩き上げの高綱であっても、浅野家の禄を食み家老を務めるだけの者であれば、政がなんたるかということを弁えている。弁えているからこそ、宗箇重安のような頭の固い者と評定の席で相対することができるのではないか。

「殺せっ！」

衝動が腹の底から湧き上がり、言葉となってほとばしる。平素、荒い声など出したことのない主のいきなりの激昂《げっこう》に、若い近習をはじめとした左右に侍る家臣たちが一様に目を見張った。

男たちの動揺など気にも留めず、畳んだままの扇を振り上げながら、長晟は叫び続ける。

「あれほどの敵に臆することはないっ！　後詰が来たら来た時じゃっ！　皆に報せよっ！　全軍で囲んで潰してしまえとなっ！」

感情のままに叫ぶ主の命を受け、家臣たちが方々に駆けてゆく。その間も長晟の瞳は、氏重や重安の兵と戦う塙直之の軍勢を捉えて離さない。

あれこそが戦国の遺物だ。

槍働きしか能がないくせに、武功のみにて国を得て、城を持つ。恩だ義理だと口やかましく、筋目にばかりこだわって、損得は二の次。どれだけ周囲の者を不幸に陥れようと、みずからの生きる道を優先させる。

「死ね」

敵のなかでもひときわ荒々しく槍を振るう騎馬武者を見下ろしながら、つぶやく。

あれが塙直之なのか。顔すら見えぬのだからたしかめようがない。

長晟の命が伝わったのか、樫井に布陣する家臣たちの兵がいっせいに敵にむかって殺到する。

押し寄せる兵に囲まれながらも、長晟が見据える騎馬武者は果敢に槍を振るい続けていた。

「なにをやっておる」

長晟は忘我のうちに、扇を両手につかみ力を込めていた。みしみしと扇が悲鳴を上げるのだが、眼下の戦場から伝わって来る男たちの死に物狂いの声に紛れてしまって、主の耳には届かない。

嫌いだった……。

父のような。

兄のような。

大御所のような。

戦場で名を成した武人たちが。

眼下で戦う騎馬武者の姿が、父、兄、そして家康と長晟の視界のなかでくるくると変貌してゆく。姿が変わるたびに、鎧も形を変え、身のこなしも別物になる。それでも長晟の頭のなかでは、ひとりの武人として四人がしっかりと重なっていた。

恨めしい戦国の化身。

今、敵に囲まれ戦場を駆け巡っているあの男は、長晟が求めて止まず、ついぞ得ることのできなかった姿そのものであった。

「えぇい、なにをしておるっ！」

叫ぶと同時に扇が真っ二つに折れた。千切れそうになりながらなんとか繋がっている骨を、捻じるようにして断ち切ると、右手につかんでいる欠片を丘の突端から怒りに任せて投げ捨てた。腕を振り下ろしたまま、身を乗り出しながら、長晟はすでに敵の四方を囲み終えている味方にむかって吠える。

「殺せっ！　そやつを殺すのじゃっ！」

腹立たしくて仕方がない。

「終わったのではないのか。戦国など、終わったはずではないか……」

もう誰なのかも判然としない武人をにらみつけながら、長晟はつぶやく。

何故いまさら戦などしなければならぬのか。

天下は徳川将軍家の元で治まっていれば良いではないか。

豊臣など糞《くそ》喰らえだ。

血の縁など飯の種にもならぬ。

腹立たしい。

汚らわしい。

刃でしか物を言えぬ者たちが。

戦でしか己が行く末を決めることのできぬ者たちが。

「継がねば良かった」

背後の家臣たちに聞こえていないかと不安になりながらも、声を潜めてつぶやき、長晟は心中に二年前から息づく想いをみずからの耳で確かめる。

兄が死なねば二万石程度の小大名でいられたのだ。兄が生きていれば、敵に目を付けられることもなかった。

こんな愚かなことで死にたくはない。

長晟は。

大坂になど行きたくはなかった。先の戦をなんとか生き延びたのではないか。なぜ、また戦をするために大坂に行かなければならぬのか。

先の戦で蜂須賀至鎮とともに木津川口を搦手から攻めろと命じられた時、大御所の前では喜び勇んでいるような声を放ったが、内心では逃げ出したくて仕方なかった。何故、二十万もの兵で囲んでおきながら、こちらから攻めなければならぬのか。至鎮は良い。みずから買って出たのだから、戦が好きなのであろう。

長晟は違う。

荒事など嫌いだ。

豊臣恩顧の大名と目されていようとも、大御所の命に従い大坂城を囲んでいれば、面目は立つではないか。

何故それ以上の功を望む。

理解できない。

「行けぇっ！」

腹の底から叫びがほとばしった。

長晟の視線の先で、槍の穂先を折った騎馬武者が、上田宗箇重安の率いる兵に飲み込まれてゆく。

すでに敵は軍勢の体《てい》を成してはいなかった。どれだけ待っても後詰の兵は現れない。二万という数はどうやら偽りであったらしい。

「勝った……。勝ったぞ」

「はい」

近習が恐る恐るといった潜めた声で答えた。

騎馬武者が兵の海に呑まれてから四半刻《しはんとき》も経たぬうちに、塙団右衛門直之が重安の兵によって討たれたという報せが本陣の長晟へともたらされた。

この戦にて浅野勢は敵の将、岡部則綱を負傷せしめ、塙団右衛門直之を討ち、物頭格の首十二を得た。こうして長晟は、三千あまりの先陣を壊滅せしめたのである。

大野治房は一万あまりの手勢とともに貝塚《かいづか》に布陣していた。先発していた塙直之たち先陣の三千あまりが樫井にて壊滅したことを知った治房は、御宿政友《みしゆくまさとも》、長岡正近《ながおかまさちか》両名を樫井に遣わせた。しかしすでに長晟は態勢を立て直すために和歌山に引いており、御宿、長岡両氏は、討ち棄てられた味方の兵を焼いて樫井を後にする。

手痛い損害を被った治房は、退却を決定。すぐさま支度を整え、大坂城へと退いた。

徳川方の大勝利にて初戦は幕を下ろしたのである。

和歌山へと退いた長晟は、都から大坂へとむかう家康、秀忠親子に呼応するように、ふたたび出陣し、大坂へとむかった。

戦はまだ始まったばかりである。

肆　後藤又兵衛基次

みずからの身の処し方がつかめぬまま、後藤又兵衛基次《もとつぐ》は金色に輝く大広間の末席を汚していた。

大坂城下の商人から貰った漆黒の鎧には、染みひとつ浮かんでいない。先の戦にて、木村重成《きむらしげなり》を助けるために今福《いまふく》の地で戦って以来、又兵衛が戦場に出ることはなかった。あの時、身中を駆け巡った血の滾《たぎ》りは冷めてしまっている。今はただ、五十六年の歳月を経てすっかり重くなってしまった体を引き摺るようにして、時折行われる評定の席に姿を現すだけの老いさらばえた肉の塊であった。

「面目次第もござりませぬ」

肩を震わせながら大広間の中央に一人座る男が、深々と頭を垂れた。その先の上座に控える秀頼が、謝る男を目を細めて見つめている。

「今度の敗北は、塙直之、岡部則綱等、先備えの突出に気付かなんだ某の不徳の致すところにござりまする」

無念の声を震わせるのは、大野修理治長の弟、主馬頭《しゅめのかみ》治房であった。

上方にむかって進軍する敵の機先を制するため、豊臣恩顧の大名のなかでも大身であり、大坂にも近い浅野家に狙いを絞り、治房は一万を超す兵を率いて南下した。しかし、樫井の地において、塙、岡部両名が率いる先備えの三千を完膚《かんぷ》無《な》きまでに叩きのめされ、みずからは浅野勢と一戦も交えずに大坂へと戻って来ていたのである。

「何卒……」

治房が声を震わせ口籠るのだが、その様が大袈裟すぎて、又兵衛は笑いが込み上げて来るのを必死に抑える。

己は哀れな敗軍の将でござる。どうぞ皆で励ましてくだされ……。

震える背中がそう言っている。

「何卒、汚名を雪《すす》ぐ機を与えていただきたい」

哀願するように、治房が床に額を擦りつける。

甘えるな、という言葉が喉の奥まで昇って来た。

一万を超す兵を率いての行軍であったのである。樫井から逃げ延びた兵の話によれば、敵の浅野勢は五千あまりであったというではないか。

倍以上の兵を率いて、大した戦もせずに敗れて退いたなど、将として言語道断の行いである。敵の数など少し調べれば知れるはずではないか。先備えが壊滅したとしても、後詰として治房自身が和歌山へと攻め寄せれば、勝機はあったはず。それが、塙や岡部のような将を討たれたまま、尻尾《しっぽ》を巻いて大坂に戻って来るとはなんたることか。

首を刎《は》ねられても文句の言えぬ失態ではないか。

不平不満が声にならない文言となって、冷えた血とともに身中を駆け巡る。こういうひとつひとつの物事に対する大坂への不満が積もり積もって、又兵衛の体を鉛のように重くさせる。

いったいこの城の者たちは、なにをやっているのか。

根本を問いたくなる。

「良う戻って来た」

これ見よがしに怒りに震える治房の背に、主の暖かい声が触れる。

「秀頼様っ！」

垂れた頭をがばと上げ、治房が主の名を呼ぶ。その声には先程までの怒りの震えはない。歓喜の震えが宿っていた。震えには違いないのだが、あからさまに声の調子を変じて、みずからの心の裡を秀頼とその母に誇示する姿を目《ま》の当たりにしていると、恥ずかしさを覚えて背筋が痒《かゆ》くなってくる。

これほどまでにわかりやすく主へと媚《こ》びへつらって恥ずかしくないのか。

武士ならば、敗けて逃げ延びたことを恥ずべきではないか。

「必ずや、御主には雪辱の機会を与えよう。その機はそう遠くはないはずじゃ。のぉ、修理」

秀頼の目が左右に居並ぶ家臣の最前列にむいた。そこに座していた治房の兄、修理治長がちいさくうなずく。

「堀を埋め立てられし大坂城を守ることはできませぬ。こうなれば、進軍してくる敵を迎え撃つ以外に道はござりませぬ」

そう言って治長が辞儀をするように顔を伏せると、秀頼が尖《とが》った顎を一度上下させてから、ふたたび治房を見た。

「その時こそ御主の武勇を見せる時ぞ。主馬頭」

「あ、有難き御言葉……くぅ、くっ」

治房の声が裏返った。

まさか。

泣く気ではないのかこの男は。

茶番だ。

なにもかもが。

「しばらく」

気付いた時には、気持ちを昂ぶらせる豊臣家の者共にむかって、又兵衛は声を張っていた。

又兵衛をはじめとした牢人衆は、左右に並ぶ家臣とは別に、下座に並んでいる。治房の背後に又兵衛は陣取っていた。いきなり牢人衆の列から聞こえて来た声に驚いたように、治房が肩越しに又兵衛たちの方に顔を向けた。

泣いてはいない。

だが。

声の主を見付けて又兵衛をにらむ治房の白目が、今にも泣き出さんばかりに赤く染まっていた。

「ぷ」

笑いが噴き出しそうになるのを、又兵衛は腹に力を込めてなんとか堪えた。

しばらくと口にして、豊臣家の者共の熱気に水を差したのだ。次の言葉は又兵衛が発しなければならない。髭に覆われた口許に拳を掲げ、咳払いをひとつしてから、息を呑んで又兵衛を見つめる豊臣家の者共をゆっくりと見渡す。

「なにか」

上座間近から声が聞こえる。

治長だ。

「申されたきことがあるならば、遠慮なさらず申されよ後藤殿」

感極まる弟と主の心温まるやり取りを邪魔されたというような邪《よこしま》な怒りは、治長の醒め切った顔付きからは感じられない。むしろ、ただ単純に思っていることを口にしたといった様子である。

「ならば」

背筋を伸ばし、又兵衛は己を肩越しににらむ治長の弟に視線をむけた。

「今度の件の責めを如何にして負われる御積りか」

「だから雪辱の機を……」

「雪辱ではござらぬ、責めにござる」

治房の愚かな抗弁を言葉の大太刀で容赦なく断ち切って、又兵衛は膝を前に滑らせ、愚かな将との間合いを詰める。

「主馬頭殿は三千の兵を見殺しにし、浅野勢と刃を交えることなく逃げ帰って来られた。この責めを如何にして御受けになる積りなのか聞かせていただきたい」

「そ、それはっ」

思わずといった様子で、体を回して治房が主に背を向け、又兵衛と相対した。

「塙団右衛門めが、功を焦って本軍を待たずに敵と刃を交えた故、我等は間に合わなんだのだ。其方も知っておられよう、塙団右衛門がどのような男か」

先の戦では二十人ばかりの足軽とともに城を出て敵陣に奇襲をかけた男だ。散々に敵を斬りまくった挙句、己の名を記した札を敵陣にばら撒いてきたという。功名心が人一倍強い男であることは、又兵衛も知っている。

だが、そんなことが言い訳になるはずもない。

なぜならあの夜襲の折、治房も団右衛門の上役として加わっていたのだ。むしろ、治房によって夜襲は試みられたといってよい。敵陣に名札をばら撒いたことで団右衛門の名が天下に轟いてしまったことを、いったい治房はどう思っているのか。

この男に団右衛門を糾弾《きゅうだん》する資格はない。

又兵衛は冷淡に言い切る。

「どのような男であろうと、押し留めるのが将の務めにござりましょう」

「其方は団右衛門という男を知らぬからそのようなことが申せるのじゃ。あの男は、はじめから儂のことを見縊《みくび》っておった。功を挙げることに必死で、儂の申すことを聞く気など毛頭なかったのじゃ」

「ならばそのような者を先備えの将に任じたこと自体が間違いであったのでは」

「蜂須賀至鎮の陣に夜討ちをかけた功を鼻にかけておったあの男をただの兵として扱えるはずがなかろう。そのようなことをすれば、それこそ儂の陣所まで怒鳴り込んで来よう」

治房が眉根に深い皺を刻んで、必死に抗弁する。

大将が牢人風情を恐れていて、兵が従う訳がないだろう。

大野治房という男の器量を、又兵衛は疑っていた。兄の治長よりも大柄で、一見すると武張った印象を受ける。先の戦以降、すっかり骨抜きになってしまった淀の方に追従するように、かつての怜悧《れいり》さを失ってしまった兄とは一線を画し、和睦の後も徳川との戦を強行に望んでいた姿からも、豊臣家内で治房は武に長けた者であるという認識を得ていた。

その印象を決定づけたのが、秀頼の城下巡見の五日後に起こった治長襲撃事件である。

夜分、本丸を出た治長が闇から飛び出してきた賊に刺されるという事件が起こった。脇から肩へと貫く深手であったという。従者の山岡《やまおか》何某がとっさに賊に斬りかかったが、賊は大路へと逃げた。治長を背負った従者の平山《ひらやま》何某が傷を得た賊と出くわし、平山何某は治長を背負ったままこれを斬り殺した。

明くる日、城下で賊を晒すと、事態は思わぬほうへと転がってゆく。

賊は治房の配下、成田《なりた》勘兵衛《かんべえ》の手下、服部《はっとり》何某であることが判明した。

尋問のために治長の配下の者が勘兵衛の屋敷を訪れると、勘兵衛は屋敷に火を放ち、自害してみずからの骸《むくろ》を灰にしてしまう。疑わしき者の死によって、事件はうやむやなまま収まったのだが、弟に対する疑念が晴れることはなかった。

この一件は、城内の侍たちの間では、淀の方の顔色ばかり気にする弱腰の兄を、徳川との戦を望む弟が殺《あや》め、みずからが治長の座に就こうと画策したのであろうという見方が大勢を占めた。結果、治房は豊臣家譜代の家臣随一の武断派としての地位を確固たるものにしたのである。

だが……。

果たして、どこまでが真の話であるのか。

又兵衛は大方とは異なる見方をしている。

下手人が成田勘兵衛の手下、服部何某であると知れたのは、治長が襲われた翌日のことなのだ。夜の裡に調べが行われたという話も聞かない。下手人が夜の間にすり替えられたということは考えられぬか。服部何某であると証言した者が嘘を吐いていたかもしれぬ。成田勘兵衛は尋問の使者が現れた時にはすでに何者かに殺されていて、使者の到来とともに屋敷に火をかけられ、殺された証拠もろとも灰にしたとは考えられぬか。

真の下手人の望みはなにか……。

治長の命。

豊臣家内の戦に後ろ向きな者たちに対する戒め。

大野兄弟の分析。

治房は利用されたに過ぎないのではないか。又兵衛にはどうしても、治房が下手人であるとは思えないのだ。

腐っても治房は大野家の次男である。大蔵卿局の息子は三人。治長、治房の他にも治胤《はるたね》という三男が、豊臣家の臣に名を連ねていた。淀の方の乳兄弟《ちきょうだい》として、三兄弟は豊臣家内で隠然たる権力を有している。兄が死んだとしても、治房の力はさほど変わらないのだ。危ない橋を渡ってまで、兄を殺す理由がない。みずからの家臣の手下などという、己へとすぐに辿り着けるような者を賊に使うような真似をするとも思えなかった。

確信に近い直感である。

治房は武人ではない。

その実感が、治房が下手人でないことを又兵衛に勘付かせた。

武張ったように見せ、己は兄とは違うと喧伝《けんでん》してはいるが、所詮は秀吉の死後に兄とともに台頭してきた男である。戦がなんたるかを知りもしない青二才なのだ。そんな男が、戦を知らぬ家中の者たちを前にして、どれだけ武張った真似をしても、所詮は武人の真似事に過ぎない。家中の間抜けどもならば、その大柄な身形と勢いのある妄言《もうげん》に騙《だま》されもするだろうが、本物の戦を潜り抜けてきた又兵衛は誤魔化せない。

治房の心根は兄と瓜二つだ。

奸智《かんち》に長け、みずからの身を守ることのみに執心する戦では糞の役にも立たぬ腑抜け。政や他者の足を引っ張る才を問われる城内の務めならば満足過ぎるほどの力を発揮する。が、それ以上でも以下でもない。

だからこそ。

治房は下手人ではないのだ。

では何故、みずからではないと声高に宣言しないのか。

武人でありたいと願っているからだ。家中の者に己は武辺者でございと声高に喧伝してしまっているからである。武張った己が、弱腰の兄を嫌い、賊を差し向けたという筋立てを壊すことを恐れているのだ。だから、濡《ぬ》れ衣《ぎぬ》であると言わない。

そのあたりの卑屈さも、又兵衛にしてみれば気に喰わないのだが、おそらくはそのあたりが実態であろうと思う。

そうなると……。

真の下手人とはいったい誰なのか。

治長を厭《いと》うていた者……。

いや。

又兵衛には違う像が見えている。

はじめから下手人は治長を生かすつもりであったのではないのか。深手を負わせはするが、命は奪わない程度に納め、すべての疑いを治房に被らせる。治房が抗弁しないことも、下手人にはわかっていたのではないのか。

大坂城の弱腰な者たちへの警鐘と、城内の引き締め、武断派の勢いを増すことと、大野兄弟の相克《そうこく》。

真の下手人はこのすべての事象を、治長暗殺未遂という一事で為し遂げてしまったのである。

背筋が寒くなるほどの手際の良さではないか。

これほどの事を成せる者は、この大坂城の中にひとりしか思い当たらなかった。

六文銭が又兵衛の脳裡に浮かぶ。

真田信繁……。

先の戦では大坂城の弱点である東南端に出丸を築き、みずからそこに籠って徳川方の将兵を散々に翻弄してみせ、家康に砲撃を決断させた。信繁の軍略によって、家康は淀の方を責め、一気に和議へと戦は進んでいったともいえる。

戦を終わらせたはずの信繁が、ふたたび戦を望むような真似をしたのか。

わからない。

生粋《きっすい》の武人である又兵衛には、信繁のような男の胸の裡を見通せるはずもなかった。しかし又兵衛の目には、治長と治房の相克の背後に、信繁の影がどうしてもちらつくのである。

「だから儂は、これからの戦において、樫井での敗北の雪辱を晴らすつもりなのだ。秀頼様もそれを御許しくだされたではないか」

治房の耳障りな声が、又兵衛を思惟《しい》の海から引き摺り出す。どうやら散々、言い訳を喚《わめ》き散らしていたようである。武人とは思えぬほどきめ細かく青白い額に汗の粒を浮かび上がらせながら、治房が又兵衛を見つめていた。

どうやら、責めを負うつもりは毛頭ないらしい。

呆れた武辺者である。

将と兵を失い、逃げ帰り、責めを負わずに雪辱を願う。

それで許されるのが、今の豊臣家であるらしい。

「腹を斬れ」

本音が口から零れ出るのを、又兵衛は止められなかった。

良く動く治房の口がかすかに開いたまま固まり、小さく張り出した喉仏が激しく上下する。

「そ、それは……」

治房が堅い笑みを浮かべ口籠る。そんな哀れな弟の背中を、治長は情の籠らぬ目で眺めていた。

腹の底にあった言葉を口にしてしまったのだから仕方が無い。又兵衛は腹を括って、弱腰の武人へと容赦ない言葉を連ねる。

「これほどの失態を犯しては、もはや腹を斬る以外の責めはございりますまい。雪辱を果たすのはその後のことかと存じまするが」

「はっ、腹を斬ってしもうては雪辱は果たせまいっ！」

「ぶふ」

当たり前のことを悲愴な面で言い切った治房があまりにも滑稽過ぎて、又兵衛は思わず笑ってしまった。

「なにがおかしっ……」

「とにかく責めを負わねば、次はありますまい」

腑抜けの言葉を斬るように言ってから、又兵衛はぐいと胸を突き出した。

「その辺になされよ又兵衛殿」

涼やかな声が牢人衆の列から唐突に沸いた。

舌打ち。

又兵衛は忘我の裡に舌を鳴らしていた。振り返らずとも声の主はわかっている。

信繁だ。

治房を睨み続ける又兵衛の背を、腹が立つほどに穏やかな信繁の声が撫でる。

「徳川の大軍が大坂へ攻め寄せようとしておる今、一兵たりとて無駄にはできませぬ。治房殿の責めを問うのは、戦が終わった後でも良いのではありませぬか」

そんなことは信繁に言われずともわかっている。ただ、腑抜けたこの場の気に耐えられなかっただけなのだ。己が罪を弁えず、大袈裟な物言いで秀頼に追従してみせる治房を、そのままにしていられなかっただけなのである。

恐らく、又兵衛の心情など、この小癪な真田の惣領はわかっているのだ。わかったうえで、割って入ってきたのである。

偽物をいじめるのは、このあたりにしておかれよ……。

信繁はそう語っているのだ。

「そうじゃ」

上座で秀頼が声を上げた。

「左衛門佐の申す通りじゃ」

信繁の職名を呼んだ豊臣家の惣領の顔が、ぱっと明るくなった。

「又兵衛の申すことも尤《もっと》もじゃと儂も思う。主馬頭にはそれなりの責めを負うてもらうことになろう。だがそれは、この戦が終わってからでも良いのではないか。のぉ又兵衛」

主が家臣を従わせるというよりも、年嵩の同輩を納得させようとする若者のごとき素直さで、秀頼は又兵衛に語りかける。

この男のことは……。

嫌いではない。

先の戦で木村重成を救い出してからというもの、秀頼は又兵衛のことを武士の鑑《かがみ》だと言ってはばからない。大坂城下巡見の折には、又兵衛と重成を先陣に任じた。又兵衛は長大な行列の先頭を行くという栄誉を得たのである。

慕われているから好いているのではない。重成を戦場から救い出してきたという又兵衛の武に素直に憧れる秀頼の主君らしからぬ若さを好んでいるのだ。

惣領としてはあまりにも無垢《むく》なのかもしれない。だがそれが、豊臣秀頼という男の美徳でもあると、又兵衛は思うのだ。

「後藤殿」

正対したままの治房が呼ぶ。武辺者にしてはいささか白過ぎる面の皮に苦悩の皺を刻みながら、治房はわざとらしいほどに重々しい声を吐く。

「其処許の申されることは尤《もっと》もにござる。たしかに某は敗戦の責めを負わねばならぬ。この戦……。この戦が終わった後に、後藤殿の手で某の首を刎ねていただきたい」

しまっている。

言った秀頼が、かすかに腰を浮かせている。治房の迫真の演技にすっかり騙されて

「主馬頭」

又兵衛は治房の瞳に浮かぶ余裕の色を見逃さない。秀頼も己に肩入れしているのだ。この戦が終われば、どうせすべてが有耶無耶《うやむや》になる。そんな本音が悲壮感を漂わせた面の皮の奥に潜んでいた。

信繁の言う通り、これ以上腑抜けの相手をしているのは面倒であった。みずからが茶番の片棒を担いでいるような気がして、又兵衛の心は急激に冷めてゆく。

「この大野主馬頭治房。その時には必ずや、後藤殿の御前に……」

「御好きになされよ」

溜息混じりに吐き棄て、偽物の武人から目を逸らすように天を仰いだ。それを待っていたかのように、牢人衆の列から信繁の澄みきった声が涌く。

「そうなれば、一刻も早く以降の策を立てねばなりますまい」

「そうじゃ、左衛門佐の申す通りぞ」

秀頼が信繁の肩を持つように、明るい声で場の気を変えようと努める。

「なにか策はあるか左衛門佐」

主によって己への糾弾が一段落したことを悟った治房が、ゆっくりと体をまわして又兵衛に背をむけた。

偽物への腹立ちを紛らわせるように、又兵衛は天上にむけていた視線を上座に定め、秀頼を正面から見据える。

「大和路にござる」

信繁より先に言った。信繁を見ていた秀頼のつぶらな瞳が横に動き、又兵衛を捉える。それを確かめ、又兵衛は続けた。

「城の東南五里あまり。道明寺口にて大和路より大坂へ入ろうとする敵を迎え撃ちまする。平野《ひらの》あたりまで引き入れて野戦に臨むという手もあるが、敵は戦巧者の家康にござる。どのような手を打ってくるかわかりませぬ。なれば、葛城山《かつらぎさん》、金剛山《こんごうさん》に連なる山々と大和川にて隘路となる道明寺口にて敵を待ち受ければ、寡兵の不利も覆せましょう」

「道明寺口か……」

つぶやいた秀頼の目がふたたび信繁へと動く。

「城を打って出るしか策はないと、某も思うておりました」

発言を促されるより早く、信繁が告げた。

「そうか」

「殿」

又兵衛はふたたび膝を滑らせて、上座への間合いを詰めた。治房の背が間近に迫ったが、もはや見る気もない。秀頼だけに気をむけながら、想いを紡ぐ。

「是非ともこの一戦の先陣を、某に仰せつけくださいませ。この後藤又兵衛基次。道明寺口にてかならずや敵を退け、一歩たりとも大坂へは踏み入れさせませぬ」

「威勢の良いことを……」

吐き棄てるようにつぶやいた治房の声が、又兵衛の耳を汚す。横目でにらむ又兵衛を、治房が肩越しに見つめていた。

「大和路より到来する敵は二万三万などという数ではござりませせぬぞ」

「心得ておる」

治房の言に又兵衛は胸を張って答えた。

「隘路であれば防げると申されるか」

「某であれば打ち砕けると申したまで」

莫迦にするな。

御主のような偽物とは違う。

武士の矜持を瞳にみなぎらせ、治房をにらむ。

「もしも……」

先刻の殊勝な態度はどこへやら、邪な笑みとともに治房が語る。

「防ぎきれなんだら如何になされる御積りか」

又兵衛は拳で己が胸を打つ。

「この命にて罪を贖《あがな》う所存」

「その言葉、御忘れなきよう」

深々と辞儀をした治房から視線を逸らし、秀頼を見た。

清廉《せいれん》な主が又兵衛の視線を受けて、大きくうなずいた。

この日、豊臣家は大和路にて敵を迎え撃つことを決した。


又兵衛は薄田兼相、明石全登等、総勢六千四百あまりとともに大坂城を出て、城の南東に位置する平野の地へとむかった。又兵衛たちを先備えとして、真田信繁、毛利勝永、福島正則の弟、福島正守《まさもり》等に率いられた一万二千の後備えが、又兵衛たちを追うようにして城を出た。両軍は平野の地で合流する。明くる日の戦のため、又兵衛は己が陣所に信繁と勝永を呼び評定を行った。

「儂等は夜には平野を出る」

急ごしらえの陣所に並べられた床几に腰を据える信繁にむかって、又兵衛は言った。

薄い笑みを口許にたたえた信繁が、うなずきを返してから、言葉を継いだ。

「それでは明日の朝、道明寺あたりで落ち合い、国分《こくぶ》で敵を迎え撃ちましょう」

大和路から関屋《せきや》、亀ノ瀬《かめせ》という隘路を進軍しているであろう徳川勢を、その先の国分の地で迎え撃つということは、大坂城の評定の際に決めていたことである。先後の備えを合わせ、総勢一万八千あまり。敵を谷間に誘いこめさえすれば、十分に戦える。

「必ずや我等の到来を御待ちくだされ。塙団右衛門のごとき抜け駆けはなりませぬぞ又兵衛殿」

信繁の隣に座る毛利勝永が、秀麗な眉目《びもく》を穏やかに緩めながら冗談の調子で言った。又兵衛は厳めしい顔を砕いて、勝永に言葉を返す。

「儂を誰だと思っておる。天下の後藤又兵衛様だぞ。些末な武功に飛びつくような無様な真似はせぬわい」

三人して笑う。

明日、迎え撃つ敵は間違いなく大坂方の数倍の数になる。物見の報せによれば、大和路を進む敵は、水野勝成《みずのかつなり》、松倉重政《まつくらしげまさ》等が率いる三万八千を先頭に、本多忠政《ただまさ》、松平忠明《ただあきら》等が続く。そして、その背後には奥州仙台《おうしゅうせんだい》の伊達政宗、家康の六男、松平忠輝が控えている。

笑みに和らぐ顔を引き締め、又兵衛は声を落として二人に語りかけた。

「とにかく、国分で敵の先陣を壊滅せしむる覚悟で叩く。先陣が退けば、隘路を進む敵は進退極まって混乱するであろう。そこを叩き、一旦全軍を大和路へと退かせる」

「幾度かこれを重ねれば、敵の損耗は大きくなってゆく」

信繁の相槌にうなずいた勝永が続く。

「伊達政宗、松平忠輝あたりを討てれば、戦の流れは我等に傾く」

容易く為し遂げられるようなことでないことは三人とも良く解っている。解っているが、そのくらいの戦果がなければ覆せぬほど、大坂方の懐は厳しかった。

「我等の敵は日ノ本中の侍ぞ」

又兵衛のつぶやきに、勝永が声を上げて笑う。

「剛毅な戦じゃの」

勝永の跳ねた声に、信繁がうなずく。

「勝ちまするぞ」

「勿論じゃ」

答えた又兵衛が二人にむけて拳を突き出す。

「それでは明日、道明寺にて会おう」

又兵衛の呼びかけに、二人が拳を突き出しながらうなずいた。


霧……。

夜のうちに虚空に満ちた水気が霧となって山間《やまあい》の地を埋め尽くすことは、さほど珍しいことでもない。そんなことにすら思いが至らなかった己に、又兵衛は歯嚙みする。東の山の稜線がうっすらと白く染まっていた。

陽が昇るまでにはまだ一刻あまりを要するであろう、と又兵衛は心の裡につぶやく。

「承知した」

足元にひれ伏す物見に告げて、腕を組む。

夜道を進んで道明寺の手前に位置する藤井《ふじい》寺《でら》に至った又兵衛は、ここで夜明けを迎えた。後ろから迫っているであろう後備えが、一向に現れぬことを不審に思い、斥候を放ったのだが、その答えが霧であったのである。

濃い霧のために進軍がままならず、道明寺まで辿り着けないということだった。情けないことに、又兵衛の後に続いているはずの薄田兼相たち先備えの諸隊すらも、藤井寺に姿を見せていない。

「待ちまするか」

吉村武右衛門《よしむらぶえもん》が髭におおわれた角張った顎を大きく動かしながら言った。牢人となった又兵衛とともに黒田《くろだ》家を去った男である。常に又兵衛の側に侍り、大坂城にも当然のようにともに入城した。

「そうじゃなぁ……」

白い物が目立つ顎髭をさすりながら、又兵衛はつぶやく。

敵はすでに隘路を抜けて国分に布陣しているという。

「このまま手をこまねいておれば、刃を交える暇もなく、平野まで押し込まれるぞ」

平野は大坂城の目と鼻の先である。そこまで進軍を許してしまえば、味方は籠城を余儀なくされてしまう。

「しかし、真田殿と毛利殿に待つと約束なされたのでしょう」

戦好きの己すらも舌を巻くほどの猛者《もさ》である武右衛門が、戦を避けるような物言いをすることに驚いた又兵衛は、思わず目を見開いて隣に立つ股肱《ここう》の臣の顔を覗き込んだ。

「大人になったのぉ御主も」

「からかわれまするな。とっくの昔に四十を超えておりまする。大人も大人、大大人にござります」

「そうか四十を超えたか」

「今頃にござりまするか」

「おう今頃じゃ。がはははは」

己が五十六なのだ。若い若いと思っていた家臣が、四十を超えているのは当たり前であった。

ひとしきり笑ってから、又兵衛は腕を組んだまま前方の小高い山を視界に納めた。その背後には、みずからの率いてきた三千あまりの手勢が、静かに主の下知を待っている。

「あの山は」

又兵衛は指をさして問う。武右衛門が後方の手勢に声をかけると、なにやらやり取りがあって、すぐに髭面が戻って来た。

「小松山《こまつやま》と申すそうにござる」

「そうか」

あの山に登れば、国分に布陣する敵が一望のもとに見晴らせる……。

「よし」

又兵衛は腕を解いて、手を叩いた。武右衛門の四角い顔に乗ったまん丸い目がぎらりと輝く。

「まさか御一人で始められる積りではありますまいな」

「お、良く解ったの」

「やっぱり……」

これみよがしに溜息を吐いて武右衛門がわざとらしく肩をすくめてみせた。主を恐れず、不遜な物言いと態度を平然とやってのける武右衛門とのやり取りが、又兵衛には心地良い。

若き頃の己を思い出すのだ。

主であり友であった黒田長政《ながまさ》に、又兵衛はいつも主と思わぬ物言いを行い、良く同朋等にたしなめられた。武右衛門の小生意気な様を眺めていると、そんな己を思い出し、つい顔が綻《ほころ》んでしまう。

黄色い歯をむき出しにしながら、又兵衛は小松山を指差した。

「あそこに陣を布くぞ」

「あの山で皆様を待ちまするか」

「解っておるくせに」

とぼける武右衛門の尻を蹴飛ばす。

「痛っ」

「我等で止める」

「徳川の軍勢をでござるか」

「他に誰がおる」

「物見の報せでは五万を優に超えておりまするぞ」

「ならば、指をくわえて敵の進軍を見守る気か」

「それは」

苛立つように武右衛門が眉根に深い皺を刻む。

「じゃろう」

ふたたび尻を蹴った又兵衛の声が自然と跳ねる。

「生きて大坂に戻れませぬぞ」

股肱の臣の言葉を鼻で笑う。

「どうせ一度は死なねばならぬのじゃ……」

甲で鼻を擦り、笑う。

「戦場で死ねれば本望じゃ」

本心だった。

この戦が無ければ。

大坂城に入らなければ。

又兵衛は牢人として朽ちるしかなかった。多くの家臣に囲まれながら広い屋敷の真ん中に敷かれた褥《しとね》の上で死ぬよりは幾何かは増しかもしれないが、器用に命を使い切って絶えることには違いない。

「行くぞ小松山に」

「はいはい」

呆れかえったように答えた武右衛門の声に喜びの色が滲んでいたのを、又兵衛は聞き逃さなかった。

「出陣じゃっ」

男たちの威勢の良い声を背に受けながら、又兵衛は己が馬に飛び乗った。

「かかれぇいっ！」

又兵衛の馬上からのひと声と同時に、三千の兵が坂を下り始める。

小松山に陣を布いた又兵衛は、眼下に見える松倉重政の軍勢に狙いを定めた。

朝はまだ、東に連なる山々に阻まれて又兵衛たちを照らしてはいない。

もちろん。

味方の姿はどこにもなかった。

松倉勢は三百あまりであるが、周囲には敵の陣所が点在している。恐らく加勢は次から次へと現れるだろう。

果たして味方が現れるまで、こちらが保《も》つか。

危うい賭けである。

だが。

やらずにはおけなかった。

ここで敵を足止めしておかなければ、態勢が整わぬまま進軍してきた味方の兵たちは、待ち受けていた徳川勢に散々に蹴散らされてしまうことだろう。敵の陣容を乱し、先備えの味方や信繁たち後備えの到来を待つ。又兵衛に残された道はそれ以外になかった。

「そいっ！」

気合とともに、眼下の敵にむけて槍を振り下ろす。

首を失った足軽が倒れた刹那《せつな》、銃弾が頬をかすめた。

突然の襲撃に狼狽《うろた》える敵が、無闇矢鱈《むやみやたら》に銃弾を放っている。

味方の兵が銃弾の餌食になって倒れていくのを構いもせずに、又兵衛は戦場を駆ける。

「掻き乱せっ！　この程度の軍勢など、一気に潰してしまうのじゃっ！」

吠えながら又兵衛は馬を駆る。

後詰のための戦……。

そんなものは方便だった。

元から豊臣家に居場所などなかったのだ。五人衆などとおだてられ、牢人衆の頭目のごとき扱いを受けていても、所詮牢人は牢人なのである。豊臣の譜代家臣たちにしてみれば、又兵衛たちがどれだけ幅を利かせようと、下賤な客なのだ。

そんな又兵衛のことを、秀頼は一端《いっぱし》の武士として扱ってくれた。

それでも。

やはり又兵衛は己のことを、豊臣家の臣であるとはどうしても思えなかった。

ならば何故。

己は大坂城に入ったのか。

求めていたのが豊臣家の禄ではなかったことを、重成を救った今福での戦いの時に悟った。

戦だ。

又兵衛は戦を欲し、豊臣の求めに応じたのである。

「ははっ！」

広げた口から飛沫をほとばしらせ、又兵衛は高らかに笑う。

六十になろうかという体は、槍を振る度に鈍い痛みを方々に生じさせる。肩や肘、手首などの腕まわりは言うに及ばず、腰に膝、首筋から背骨にいたるまで、敵を屠《ほふ》れば屠るほど、又兵衛の老いた体はぎしぎしと軋《きし》み、悲鳴を上げる。

体は止まれと必死に訴えかけてくるのに、心がそれを聞かない。槍が敵を貫く度に、又兵衛の心は躍り昂ぶってゆく。

若き頃、かつての主、黒田長政とともに戦場を駆けた己を思い出す。九州征伐、朝鮮、関ケ原……。多くの戦で又兵衛は数え切れぬほどの武功を得た。

朝鮮では清正の臣と一番乗りを争い、関ヶ原では三成の将を討ち取った。

黒田家を出奔したのも、この国から戦が絶え、政にしか関心がない腑抜けになった主が気に喰わなかったからだ。

戦こそが又兵衛の生きる道だった。

しかし関ヶ原の後、この国から戦は絶えた。もはや、なにもかも良い思い出であった。

そう、悟っていたつもりだったのだ。

どれだけ又兵衛が望んでも、天下は徳川の元で治まってしまった。

それで良いではないか。

己はこのまま老いさらばえた身を無様に晒して朽ちるのみ。

又兵衛は一時、本当に戦を忘れたのだ。

「止まるなよっ！　止まれば死ぬと心得、槍を振るうのじゃっ！」

銃弾飛び交う戦場で、又兵衛は叫ぶ。

ふたたび戦える。

その想いが又兵衛を大坂城へ向かわせた。

しかし、先の戦で又兵衛が存分に槍を振るえたのは重成を救った今福の戦いのみであった。それからは城に籠り、城壁のむこうに屯する敵に矢玉を降らせるよう味方に命じるだけの、面白味の欠片もない務めを又兵衛なりにまっとうしたつもりだ。

これだ……。

敵の末期《まつご》の叫びを耳にしながら、又兵衛は震える。

このひと時こそが、又兵衛を後藤又兵衛基次という男たらしめているのだ。

気付けば東の空を陽光が照らしていた。

一刻あまりは優に戦っている。

体は軋む。

だが軽い。

己でも驚くような心地であった。

気を抜けば痛みで気を失いそうなのだが、張り詰めた戦場の気配に包まれている所為か、目は爛々《らんらん》と冴え、肌は恐ろしいくらいに研ぎ澄まされていた。

敵の殺意が又兵衛に触れる。

その槍が届く前に、又兵衛は動く。

相手の刃を上から打ち落とし、背後から襲ったのに気取られたことに驚く敵の喉を貫いてやる。

また触れた。

今度は顔を傾ける。

風を斬る音とともに、銃弾がさっきまで眉間があった場所を駆け抜けてゆく。

三百ほどの松倉勢が崩れはじめていた。

「押せっ！　押しまくって一人残らず血祭に上げるのじゃっ！」

又兵衛の檄《げき》に周囲の男たちが雄叫びで応える。

後藤又兵衛という名の元に集った男たちは、みずからの将の武勇を微塵も疑っていない。又兵衛が行けといえば、有無を言わさず行く。

士気昂ぶる三千の手勢に、三百ほどの弱兵が敵うはずもない。

「殿っ！」

武右衛門の声が敵の群れのなかから聞こえた。

「なんじゃっ！」

眼前の騎馬武者を槍の柄で乱暴に打ち落としながら問う。

栗毛の馬が、又兵衛の駆る黒毛に寄る。栗毛の鞍《くら》の上で、武右衛門が槍を小脇に主に叫ぶ。

「新手にござるっ！」

「どこのどいつじゃっ！」

「永楽銭の旗印。恐らくは水野日向守《ひゅうがのかみ》かと！」

水野日向守勝成。

三河刈谷《かりや》城の主である。若い頃はその気性の荒さから、家を出奔して流浪の暮らしをしていたという。水野家の当主になってからも、その勇猛ぶりは又兵衛の耳にも届くほどであった。

「鬼日向か」

勝成の異名を口にして、又兵衛は口角を吊り上げる。

「相手に不足は無いわい」

「押されておりまするぞ」

たしかに武右衛門の言う通り、勝成の到来以降、味方の足が止まっていた。

「面倒じゃのぉっ！」

又兵衛は馬腹を激しく蹴り上げた。蹴られた黒馬が甲高《かんだか》い嘶《いなな》きをひとつ吐いて、前足を高々と振り上げる。鐙《あぶみ》にかけた脚を踏ん張り鞍の上で堪えると、前足を地につけた愛馬が、敵の群れめがけて一直線に駆け始めた。

「儂が道を開くっ！　ついてこい武右衛門っ！」

「まったくっ！」

悪態を吐いた腹心が、又兵衛の馬を追う。

鏃《やじり》の切っ先と化した二人の武人が、後詰の水野勢を二つに斬り裂いてゆく。

「まだまだ千には足りぬのではないかっ！」

又兵衛の見るところ、勝成の手勢も六百あまり。潰走間近の松倉勢と合わせても、千には満たなかった。

「所詮は後詰の一撃の勢いのみよっ！　切り開いてしまえば、どうということはないわいっ！」

「応っ！」

武右衛門とともに水野勢を片っ端から斬り伏せて行く。

すでに陽光は高々と昇り、地を照らしている。これほど温められたら、さすがに霧も晴れるだろう。

じきに後詰が来る。

「もうしばらくの辛抱じゃっ！　味方はそこまで来ておるぞっ！」

背後の味方を奮い立たせる。

又兵衛たちの決死の戦いぶりを前に、突撃の勢いを失った水野勢が怯《ひる》み始めた。

その時だった。

「新手っ！」

武右衛門の怒鳴り声を耳にするよりも早く、又兵衛は新たな後詰の到来をその目で確かめていた。

竹に雀の紋……。

見紛うはずもない。

「伊達か」

勝成の後詰など消し飛んでしまうのではないかという大軍が、又兵衛たちを押し包もうとしていた。左右に大きく広がった伊達勢は、どう見ても万は下らぬ大軍であった。

こちらは三千。

さすがに心許ない。

が……。

それがなんだというのか。

「進めっ！」

「ですが殿っ！」

「ここで退くなど愚行中の愚行っ！　万を超す敵に背を晒して逃げ延びられる訳があるまいっ！」

「しかし、伊達の背後には松平勢がっ！」

武右衛門の言う通り、伊勢亀山《かめやま》城の松平忠明の軍勢も、伊達勢のむこうに見えている。

「逃げたければ、逃げろっ！」

敵の只中で又兵衛は子供のような駄々をこねる。

「儂は行くぞっ！」

所詮、行くも地獄、戻るも地獄なのだ。

ならば又兵衛は進む。

腹を決めれば、もう振り返らない。

「まったく、うちの大将には困ったものじゃっ！」

悪しざまに吠えた武右衛門が、主の背を守るように付き従う。

「殿の命じゃっ！　逃げたい奴は逃げてよいっ！　付いて来たい者だけ付いて参れっ！」

背後の兵たちにむかって武右衛門が叫ぶ。

又兵衛は見ていない。

一人でも行くと決めたのだ。

家臣たちがどう思おうと知ったことではない。

信繁たちの後詰など来なくても構わない。

又兵衛はどこまでも進むつもりだ。

もう二度と大坂には戻らない。

斬って斬って斬り捨てて、家康の元まで辿り着く。

豊臣がどうなろうと関係ない。

秀頼のためでもない。

侍として……。

一人の武人として、思い残すことのないよう又兵衛は戦場を駆ける。

勝っても負けても恐らくこれが、日ノ本最後の武士の戦であるのは間違いない。ならば、己が命すらも捨て去り、又兵衛が又兵衛である場に一刻でも長く立っていたかった。

水野勢が真っ二つに割れる。

伊達政宗……。

相手に不足はない。

「かかって来いっ！」

馬上で両腕を広げ、又兵衛は吠えた。

敵が幾重にも壁を成して並んでいる。

又兵衛は一瞬、槍衾《やりぶすま》の群れかと思った。だが、敵の手に握られていたのは槍ではなく、無数の火縄銃であった。

ぶすぶすと細い煙を上げる火縄が列を成して又兵衛を狙っている。

水野勢を斬り裂いて、武右衛門を先頭に味方が又兵衛の後背に集う。

「独眼竜《どくがんりゅう》……。小癪な真似を」

馬手《めて》に握りしめた漆黒の槍を天にむかって振り上げる。

「矢玉など当たらねば、ただの塊《つちくれ》よっ！」

背後にいるであろう己が手勢にむかって腕を挙げる。

「儂に続けぇいっ！」

叫ぶと同時に穂先を振り下ろす。

黒馬とともに火縄銃の群れめがけて駆ける。

又兵衛が駆けるのを合図にしたかのように、敵の銃が火花を散らし始める。

ひゅんひゅんと風を斬る音が、周囲で鳴り続けていた。
鎧を弾が掠《かす》め、火花が散る。
「ひひ」
尖った笑い声が口から洩れる。
恐ろしい。
だがそれが戦場である。
恐怖の先にしか生は存在しない。
生きるのだ。
この砲撃の先を。
背後で男たちの悲鳴が聞こえる。
味方が幾人も銃弾の餌食になって倒れてゆく。
「済まぬ」
口にはするが振り返らない。
又兵衛はとうの昔に、将であることすら捨て、一人の武人としてこの場にいる。
最前列に並ぶ敵の目鼻がしっかりと見定められるところまで近づいた。
怯えている。

驚いている。

まさかここまで辿り着く者がいるとは……。

泣いている。

「死ね」

みずからの脳天に飛来する槍を防ごうと、両手に持った火縄銃を頭上に掲げる敵の頭を、砲身ごと真っ二つに斬り裂く。

混乱する敵はみずからの目の前まで辿り着いた又兵衛に銃口をむけることすら出来ずに、逃げ惑っている。

「御主等など武士ではないわっ！」

槍働きこそ武士の本懐。

銃を抱えながら恐怖に引き攣る敵を斬り捨ててゆく。

「退けっ！　其方たちの相手をしておる暇はないのじゃっ！」

まだまだやるべきことは山のように残っている。

伊達政宗を殺し、松平忠輝を殺し、徳川秀忠を殺し、徳川家康を殺し……。

乾いた銃声がやけにはっきりと聞こえた。

「殿っ！」

武右衛門の声……。

「しっかりしてくだされ殿っ！　こんなところで死んではなりませぬぞっ！」

顔が鎧の背に当たっている。

武右衛門の鎧だ。

単騎で武右衛門は駆けていた。

乗せられている。

武右衛門の馬に。

何故だ。

「ぶ……」

言葉が出てこない。

いったいなにが起こったのか。又兵衛には唐突な事態が理解できずにいる。

先刻まで戦場を駆け回っていたはずなのに、武右衛門の馬に乗せられて、どこかに連れ去られようとしている。止めろと命じたいのだが、腹に力が入らず声が出てこない。

撃たれた。

認めたくない。認めたくはないが、そう考えなければ、いまのこの状況が説明できないではないか。

「わしは……」

それだけ言うのがやっとだった。四肢の根から先が断たれたように、力が伝わらない。武右衛門が又兵衛のことだけを考えて馬を走らせてくれているからこそ、鞍の上に留まっていられるのだ。少しでも武右衛門の気が逸れてしまえば、瞬く間に又兵衛は馬から転がり落ちてしまうだろう。

「死んでは……。死んではなりませぬ」

洟《はな》を啜《すす》り、武右衛門が語りかけて来る。

恐らく。

急所を貫かれているのだろう。

もはや助からぬ。

武右衛門もわかっているはずだ。

「ぶえ……」

「喋《しゃべ》ってはなりませぬ！　とにかく後詰の方々の元に」

どれほど戦場を離れてみても、もはや己は助からぬ。そんなことは武右衛門も重々承知しているはず。

銃声が轟いた。

馬が揺れる。

武右衛門が鞍から崩れ落ちた。

絶命した腹心の後を追うように、又兵衛も馬から転がり落ちる。

「殿っ！」

誰かの声が聞こえる。

敵に囲まれていた。又兵衛は戦場から逃れられずにいる。

思うままにならぬ体を起こして、泥のなかに座った。

すでに手に槍はない。

立てもしない。

見慣れぬ顔が視界のど真ん中に飛び込んで来た。

「某は金方平左衛門《かねがたへいざえもん》と申しまするっ！　ひとまず某とともに退きましょう！」

どうやら味方らしい平左衛門が、叫びながら又兵衛の腕をつかんで肩に背負おうとする。

「ふん」

平左衛門が歯を食い縛って立ち上がろうとするが、重すぎるのか膝が笑ってしまっている。非力な徒歩《かち》には荷が重すぎるのだ。持ち上がるはずもない。

持ち上がったところで……。

逃げ場などどこにもない。

「よい」

掠れた声でなんとかそれだけ言えた。

「え」

戸惑う若き足軽の手を振り払うだけの力を、全身からなんとか絞り出す。振り払われた平左衛門が、押し寄せる敵の群れを前に涙ぐんでいる。

又兵衛は震える手で静かに兜の緒を解いた。少しだけ顔を前に傾けると、投げ出したままの両足の間に兜が零れ落ちた。そのまま体を前に傾け、立ち尽くす平左衛門にむかって首を曝《さら》け出す。

「か、かいしゃく」

「え」

「くびをもってにげよ」

晒される恥辱には耐えられなかった。

「でも」

「きれ」

もはや、しゃべることもままならなかった。顔をわずかにかたむけて、泣き面の平左衛門を下から睨みつける。

斬れ……。

眼光で語る。

口をへの字に曲げた若き足軽が、首をがくがくと上下させた。

「承知しました」

うなずき、ふたたび体を傾け、首を曝け出す。

目を閉じる。

武士として死ねる。

本望。

「御免っ！」

涙声を聞きながら、後藤又兵衛基次は五十六年の生涯を終えた。

後藤勢の奮闘を聞いた薄田兼相、山川賢信《やまかわかたのぶ》らの軍勢も道明寺へと駆けつけたが、すでに又兵衛が討たれた後であった。又兵衛の死を知ってもなお兼相等は戦場に留まり、ついに薄田兼相は、又兵衛の後を追うようにこの地で果てた。又兵衛と合流を約していた後備えの真田信繁、毛利勝永等が到来したのは、薄田、山川両勢が散々に打ち砕かれた後のことである。

又兵衛を討って勢いに乗る敵を前に、信繁らは誉田《こんだ》の地にて弔い合戦とばかりに奮戦したが、大坂城からの命を受けて兵を退いた。

又兵衛の死を覆すことは、信繁や勝永をもってしてもできなかった。

伍　藤堂和泉守高虎

時はわずかにさかのぼる。

後藤又兵衛が道明寺へと兵を進めていた同じ頃、藤堂和泉守《いずみのかみ》高虎は、伊勢より率いてきた八千ほどの手勢とともに、道明寺の北方二里に位置する千塚《ちづか》の地にいた。

「うぅ」

寝がえりとともに漏れ出た声で、高虎は今宵《こよい》何度目かの覚醒を得た。

急ごしらえの幔幕のなかで、地に盾を並べた褥の上に寝転んで、わずかばかりの眠りに就いた。だが、久方振りの戦場での夜である。そうそう眠れるはずもなかった。目を閉じて、わずかにうとうととすると幔幕の外から聞こえる馬の嘶きで目が覚める。今度は誰かの鎧が擂れる音。はたまた木の葉が風に揺れる音。深い眠りに落ちる間もなく、高虎は休むことを諦めて、盾の上に体を起こした。

その刹那。

ごろ……。

まだ明けきらぬ空が啼《な》いた。

見上げてみるが空には雲ひとつない。雨の気配も感じられない。じきに梅雨《つゆ》になるのだろうが、まだまだ初夏の晴れ間の勢いは衰えてはいなかった。雷鳴であったはずと思いはすれど、それ以上の感慨を抱くほど寝起きの高虎の頭は澄んではいなかった。

人気《ひとけ》のない幔幕の裡で、盾の上に胡坐《あぐら》をかきながら、高虎はゆっくりと頭を左右に振る。頭の動きに合わせて、首の裡で骨が乾いた音を立てた。体にひびく心地良い響きが、綿のように絡みつく疲れをひと時忘れさせてくれる。

齢六十……。

家康ほどではないが、もはや翁である。

この歳になってなお、軍勢を引き連れ先陣を買って出るなど思いもしなかった。今日、朝が来れば、高虎は道明寺の地で敵と相見えることになる。

家康からの命だった。

大坂城を打って出た敵を道明寺付近で迎え撃つ。その先陣を高虎は買って出たのである。束の間の休息を終えれば、すぐに進路を南に取って道明寺へとむかう手筈になっていた。

「そろそろか……」

胡坐の膝に手を添えて、腰骨を起こす。座ったまま踏ん張って、背骨を立てて胸を張った。鼻から静かに息を吐きながら顎を引くと、丹田《たんでん》から脳天まで一直線に気の流れができる。目の奥にみなぎる覇気を、瞼を固く閉じて頭の裡に留めてやると、鈍っている心と体が次第に澄んでゆく。

少しでも気を抜けば、老いて錆《さ》びた体はすぐに動きを止める。馬に揺られて一日中道を進むだけで、夜には体の節という節が悲鳴を上げるのだ。痛みならばまだ良い。動かない。曲げるのも伸ばすのも一苦労。体じゅうが馬にまたがった姿勢のままかちこちに固まってしまうのだ。

生まれつき体が大きかった。

努力などせずとも、余人よりも満足に槍を振ることができた。弓だって誰よりも強い物を平然と引けた。武の神に愛されたと、藤堂村の地侍であった父は喜んでくれたものである。

その巨体が、今頃になって仇《あだ》になっていた。

若く壮健であった時は、傍若無人なまでに類稀なる体軀を操って他を圧倒できたのだが、老いて節々が衰えてしまうと、ただの鈍重で無駄に長いだけの御荷物に成り下がってしまった。

「猿は良い」

今は亡き秀吉のことを思い出す。

小柄であった秀吉は、病に倒れる間際まで軽快であった。孫同然の我が子、幼かった秀頼を喜ばせるために、老いた体でありながらひょいひょいと木に登って猿の真似をしてみせたりしていた。

あの頃の秀吉の歳に、高虎はなっている。

木に登る自信はない。いや、十中八九登れない。

別に身軽になりたいとは思わないが、この鈍重さだけはなんとかならないのかと思う。老いという言葉で簡単に片づけてしまえば楽なのかもしれない。他の大名たちのように息子や孫に面倒なことは任せてしまい、気楽に隠居してしまえば、思うままにならぬ体に歯嚙みすることもないのだろう。

そうは行かぬところが、高虎の辛い所であった。

今度の戦の中心に居座る狸は、高虎よりもひと回り以上年嵩である。

この狸に高虎は殊の外《ことのほか》重用されているのだ。

戦の差配を息子に任せ、伊勢に引き籠るなど、駿府の狸が許してくれない。

腐れ縁……。

なのである。

「ふん」

腹に込めた気を吐きながら、腰に力を入れて立ち上がる。如何なる事態が到来するかわからぬから、甲冑は着込んだままである。堅い盾の上にごつごつとした鎧を着たまま寝ることも、六十になった体には嫌というほど堪《こた》えた。

節々がぎしぎしと軋む。

腹の底から息を吐き、目を閉じて、手を上げながら大きく伸びをする。なにをどうしても、体の芯にくぐもる重さだけは取れはしない。

高虎はとにかく重さを厭う。

どれほど体が重くなろうと、心の軽やかさだけは失いたくはなかった。

長い物に巻かれることを誰よりも好む卑怯者……。

そんな誹《そし》りは高虎にとっては褒め言葉であった。

近江浅井《おうみあざい》家に始まって、阿閉《あつじ》、磯野《いその》、織田《おだ》、そして羽柴秀長《はしばひでなが》。秀長の死去後はその息子の秀保《ひでやす》と、高虎は主家を転々と替えながら、戦国の世を渡り歩いた。高虎の才を真の意味で見出してくれたのは、秀吉の弟の秀長であった。高虎を重用してくれた秀長は、九州征伐の後に二万石という破格の知行を与えてくれたのも今では良い思い出である。

秀長、そしてその息子の秀保が早世し、仕える主君を失った高虎は、剃髪して高野山《こうやさん》に入り、俗世から離れて生きて行こうと心に決めた。そう思うと、高虎にとって秀長親子こそが、真の主君であったのかもしれない。

しかし、高虎の出家を許さぬ男がいた。

秀吉である。

太閤秀吉は、高虎が出家したことを知ると、高野山に遣いを差し向けてきて、伊予《いよ》宇和島《うわじま》に七万石の知行を用意しているから還俗せよと、高虎を誘った。弟を股肱の臣と思い、みずからの政の重石《おもし》として重用していた秀吉は、その腹心であった高虎の才を高く評価してくれていたのである。

が……。

それも生きていればこそである。

還俗して仕えた太閤が老いて死ぬと、高虎はすぐさま家康へと接近した。

次代を担うのは家康の他にいない。

主家を替えながら、戦国乱世を渡り歩いてきた高虎の勘がそう告げていた。

秀吉の死後、禁じられていた他家との縁組を強行する家康の横暴を、前田利家《としいえ》、石田三成等が詰問せんとした。この時、家康が強硬に拒めば、討ち取ることも辞さずという利家や三成等、親豊臣派の大名たちの決断を、高虎は密かに家康の耳に入れた。誰よりも先に家康の所領である江戸に人質として弟を送り、藤堂家の立場を鮮明にしてみせもした。もちろん関ヶ原の折には徳川方に与し、福島正則ら豊臣恩顧の大名たちを牽制して勝利に加担した。

それらの功によって、戦後高虎は、四国伊予二十万石を家康より与えられたのである。

関ヶ原の八年後、高虎は伊勢、伊賀《いが》、今治《いまばり》二十二万石への移封を命じられた。

この時、高虎は伊賀国内に十万石を与えられている。

高虎が加増を受けて二年後のことであった。

伊賀上野《うえの》の地にあった城を拡張せよとの命が、家康より下されたのである。この時、高虎は、日ノ本のどの城よりも急峻で高い石垣を築いた。如何なる敵からも天守を守るための備えであった。

〝西国で変事があった際の儂の居城を築け〟

伊賀上野の城の改修を命じた際、高虎を直々に呼び付けた家康が耳元でそうつぶやいた。

上野の城の天守は、高虎の物ではない。

家康のための城なのだ。

関ヶ原から十一年あまりが過ぎていた。家康が秀頼と二条城で面会したのはこの年のことである。

思えばあの時から、家康は豊臣家との間に変事があることを思い定めていたのであろう。伊賀上野の城は、豊臣との決戦において、家康がみずからの居城として定めたものである。

上野の城の改修を命じられて四年の歳月が経った。改修はまだ万全とは呼べなかったが、それでも家康を迎え入れるだけの支度は整えている。これまでの戦は大坂城の周辺で展開しているために、上野城を使うことはなかった。おそらくこれからも、使われることはないだろう。家康が危惧していたような、両家の拮抗はなかった。天下はすでに徳川の元に治まっているのだ。豊臣の決起は徒花《あだばな》に過ぎない。

それでも。

家康が己が窮地に陥った際の詰めの城を密かに築かせる相手として選ばれたことこそが、高虎にとってなによりの収穫であった。家康に命を預けてもらっているという一事が、藤堂家を盤石ならしめている。

徳川こそが天下の覇者なのだ。

高虎の見立ては間違っていなかった。

間違っていなかったからこそ、重い体を引き摺ってでも狸の側にいなければならないのだ。家康の尖兵《せんぺい》として、大坂への道を切り開くことこそが、高虎の最後の奉公なのである。

南方……。

乾いた銃声が、白々と明け始めた空に轟いた。

「道明寺か」

高虎はつぶやきながら、幔幕の方へと足を運ぶ。

「殿っ」

向かう先から声が聞こえる。

「起きておる」

蔦が染め抜かれた幔幕が揺れ、見慣れた顔が現れた。

藤堂高吉《たかよし》。

丹羽長秀《にわながひで》の三男で、かつては高虎の養子であった男である。長い間、子に恵まれなかった高虎は一時この高吉をみずからの後継とみなしていた。しかし関ヶ原の翌年、大望《たいもう》の嫡子が生まれると、高吉は臣として藤堂家に仕える道を選んだ。時に行き過ぎるほどの勇猛さをその細い身中に宿している高吉に、高虎は蟄居《ちっきょ》を命じたこともある。しかし武勇に勝る高吉は、家康の覚えも目出度く、その取り成しもあり、いまは藤堂家の飛び地である伊予今治に二万石を与えて一門衆のまとめ役を務めていた。

高吉が片膝立ちになって頭を垂れた。

「合戦が始まった模様」

「道明寺か」

「左様」

答えた高吉が顔を上げて、高虎を仰ぎ見る。細面で、どこか実父の丹羽長秀を思わせる顔立ちであった。米五郎三《こめごろうざ》と呼ばれ、織田家の政になくてはならぬ男であった実父の骨の細さを受け継いでいながら、高吉は父の気性からは考えられぬほどの荒々しさを持っている。

時に……。

高虎ですら気後れしてしまうほどの。

「如何なさりまするか」

ぞんざいに問うかつての養父に、高吉は真っ直ぐな瞳で応える。

「如何するとは」

「先日の軍議の折に、我等は道明寺へとむかい、敵と相対することになっており申した」

並走するように八尾《やお》の辺りにある井伊直孝《なおたか》の軍勢とともに、藤堂勢はこの地より南下して道明寺に入ることになっていた。道明寺にて大坂城から向かってくる敵を迎え撃つというのが、家康、秀忠親子と決めた策であった。

「すでに戦が始まっておる模様」

「道明寺には」

「水野勝成殿、松倉重政殿、その背後には松平忠明殿、伊達政宗殿が布陣なされておったはず。しかし一帯は濃い霧に包まれておりまして、こちらからでは確かめる術も無く……」

短い高虎の言葉を受けて、高吉が道明寺付近に展開していたはずの味方を浪々と口にした。このあたりの明晰さは、実父の血であろうか。

高虎の嫡男、高次《たかつぐ》はいまだ十五と幼い。四十に手が届く頃合いで、男として最も脂《あぶら》の乗っている高吉を前にしていると、高次の行く末に多少の危惧を抱かぬではない。高吉の日頃の姿からは、叛意を抱くような危うさは微塵も感じられないのだが、才に満ち溢れたかつての養子を前にしていると、老いた胸に邪な疑念が湧き出ずるのをどうすることもできない。

「あぁ……」

忘我のうちに声が口から零れ出た。

これほどまでに執拗に豊臣を滅ぼそうとする家康の妄執が、高虎はいまになって理解出来た気がした。

恐ろしいのである。

秀頼が。

高虎の目から見ても、現将軍である秀忠は秀でた才に恵まれた男ではなかった。愚直なほどに真面目であり、父の期待に必死に応えようとする健気《けなげ》さは買うが、一人の男としてはいささか心許ない。

四年前、二条城にて家康が秀頼のなかになにを見たのかは高虎には知る由もないのだが、それでもあの時、家康が豊臣家を滅ぼすことを決心したのは間違いないと思う。

おそらく家康は、息子の秀忠が秀頼に敵わぬと確信したのではないか。だからこそ、老いた体に鞭打ってまで、今度の戦を決行したのである。

それほどまでの妄執を己は抱けるのか。

「如何なされましたか」

先刻の呆けた声を心配するように、高吉が主を見上げながら問う。その瞳には、高虎への邪な念は宿っていない。臣として、一門衆筆頭として、心底から高虎を慕っている。その想いを疑ったことはない。

だが……。

「心配するな。少し寝惚《ねぼ》けておるだけじゃ」

吐き棄てながら、幔幕を潜る。後を追うようにして寝所から出てきた高吉が、一歩後ろを付き従う。

高吉が言ったように、明けはじめた千塚の宿所の周囲は、白色に染まっていた。これでは敵味方を見極めることすらままならない。迂闊《うかつ》に進み敵と遭遇するということも考えられる。

高虎はすでに進軍の支度を整え終えている兵たちへと足を進めた。

「殿の下知があれば、すぐにでも動けまする」

「ん」

背後の忠臣に答えつつ、高虎は足を止めた。

整然と並ぶ旗を背にして、将たちが揃っている。皆の視線が主である高虎に集中していた。

高吉が無言のまま高虎の横を抜けて、将たちの列の中央に立つ。

重臣たちの列の後ろに見える小生意気な顔に、高虎は一瞥《いちべつ》を投げ、その名を脳裡に思い浮かべる。

渡辺了《わたなべさとる》……。

伊賀上野城の城代を任せている武辺者である。槍勘兵衛などと呼ばれる剛の者だが、いささか鼻っ柱が強い。高虎と同じ近江の生まれで、阿閉家、羽柴家、中村家、増田《ました》家など、主家を転々とした来歴も高虎に似ている。藤堂家には関ヶ原以降、二万石という破格の禄を与え招き入れた。

毛利方に与した増田長盛《ながもり》が戦後、高野山に身を寄せた後も、任されていたその居城、大和郡山城を明け渡さず、堅く門を閉じた。この時、城を接収する任を本多正純とともに負っていたのが高虎であった。了の武人として筋を通す姿に胸を打たれた高虎は、家康の命によって届けられた開城を許す長盛からの書状を受け取って門を開いた了に、みずからへの仕官を申し出たのである。

あの時は、たしかに了の実直な武骨さに惚れ込んだ。

が……。

いまはいささか鬱陶しい。

先の大坂での戦の折、真田丸において苦戦する味方の姿にいきり立った了は、高虎の制止も聞かずみずからの手勢を引き連れ、城に突撃を敢行し、長曾我部盛親の軍勢に散々に打ちのめされてしまった。高虎の命を聞かずに突撃し、手痛い敗北を喫したというのに、悪びれもせず、今なおこうして将の列に並んでいる厚かましさも、高虎は苦々しく思う。

主のねばついた視線を受けながらも、了はどこ吹く風。高虎と目が合うと、口許を悪辣《あくらつ》に吊り上げてぺこりと小さく頭を下げた。その生意気な姿をこれ以上視界に納めていると、腹立たしさでどうにかなってしまいそうで、高虎は了から目を逸らし、細身の一門衆筆頭を見た。

「伝令っ!」

忠臣に声を投げようとした刹那、整然と並ぶ兵たちを掻き分けるようにして、騎馬武者が将の列の最前に躍り出た。高吉が前に立って騎馬武者を促すと、鞍から飛び降りた若者が、高虎の前に静かに膝を折った。

「我が方の北西、若江《わかえ》へと迫る敵を物見が確認した模様。その数六千あまりっ！」

「伝令っ！」

若者の言葉を受けて将たちが唸る声を掻き分け、新たな騎馬武者が高虎の前に躍り出る。

「我が軍勢の西方より迫る敵を発見いたし申した。その数八千あまり」

「新手か」

高吉が唸る。

厳しい一門衆の筆頭の目が、高虎へとむく。

「如何なさりまするか」

すでに敵勢が間近まで迫っているという伝令からの報せを受けての、高吉の問いである。高虎は己の心中をたしかめるように、一門衆筆頭へと言葉を投げた。

「先日の軍議にて、我等は道明寺へとむかう手筈になっておる」

「若江方面に新手が現れたとなれば、井伊殿の軍勢との衝突は避けられませぬ。我等だけが道明寺に向かえば、井伊殿は二方より迫りくる敵を迎え撃たねばなりますまい」

「わかっとるわ」

才走った一門衆筆頭の言に、高虎は苛立ちを露わにした言葉を投げた。

「しかしこの霧ぞ。独断で敵を迎え撃つわけにはゆかぬ。道明寺に向かうべきか、ひとまず将軍に指示を仰がねばなるまい」

「この期に及んで、将軍に伺いを立てまするか」

信じられぬというような顔付きで、高吉が問う。眉尻を吊り上げ、高虎は憮然《ぶぜん》と答える。

「独断は混乱の元ぞ。緻密な連携があってこそ、速やかな動きができるもの。急がば回れよ」

一門衆筆頭に言いながら、高虎の視線は渡辺了へとむいている。なにかというと主の許しを得ず、猪のごとく一直線に敵に走って行く武辺者を牽制しての言葉でもあった。

「ゆるゆると西に兵を進めつつ、儂が将軍の元へむかう支度をいたせ。わかったな」

「はは」

高吉がうなずきとともに、将たちに目配せをした。進軍を命じられた男たちが、みずからの兵の元へ走って行く。その間も、背後では近習たちが幔幕を素早く片付けてゆく。

一人残った高吉が面前まで歩を進めて、わずかに膝を折った。高虎が見下ろせる位置まで頭を下げると、上目使いでささやく。

「将軍の元へは、殿が向かわれずとも良いのではありませぬか。敵が到来せんとする今、殿が兵と離れることは得策ではありませぬ」

高吉は……。

家康の覚えも目出度い。

関ヶ原から四年後のこと。高虎が伊予を留守にしている最中、隣国松山《まつやま》の大名加藤嘉明との間で、あわや戦になるかという争いが起きた。この時、留守居を命じていた高吉に、高虎は蟄居を命じた。しかし、高吉の武勇を気に入っていた家康は、高虎に彼の罪を許すよう頼んで来た。大御所の頼みを断われるはずもなく、高虎は高吉の蟄居を免じた。

当然、家康だけではなく秀忠も高吉のことは見知っている。

目を伏せる一門衆筆頭を、高虎は冷淡に見下ろす。

「御主が行くつもりか」

「御命じ下されば、すぐにでも」

「出過ぎた真似をするな」

厳しい言葉を浴びせかけ、高吉の増長をなじる。

兵たちが動き始めた。高虎と高吉の周囲の近習たちの動きも慌ただしい。

「将軍の覚えを目出度うして、如何にするつもりじゃ」

かつての義父の冷淡な言葉を耳にした高吉が、目を大きく見開いて主を見上げた。

「そのようなつもりは微塵もござりませぬ。ただ某は将軍の御意向をうかがい、すぐに義父上の元へ……」

「御主は臣下であろう。儂の子ではない」

「さ、左様でござりました。御許しくださりませ」

深々と頭を下げる高吉の背後。動き出した兵を掻き分け、騎馬武者が高虎を見付けて駆け寄って来た。

「伝令っ！」

高吉が無言のまま身を退いて、若き騎馬武者を高虎の前へとうながす。馬を降りた騎馬武者が、一刻の間も惜しいとばかりに膝立ちになって挨拶もせぬまま語り出した。

「すでに敵の先備えが、我等の行く手に展開しておりまするっ！　このままでは時を置かずして、ぶつかることになりまするっ！　何卒先備えの方々に御下知をっ！」

伝令が語り終えると、陽光に照らされた周囲の霧が静かに晴れた。

「な」

高虎は言葉を失った。

伝令が言ったことは、まぎれもない事実であった。藤堂勢の先鋒は八尾を南北に流れる長瀬川《ながせ》に差し掛かろうとしている。長瀬川のむこうに、我が方と数の変わらぬ敵の姿があった。

敵はそれだけではない。

北方、井伊直孝の軍勢へむかって素早く進軍している敵勢が見える。斥候が伝えてきた通り、たしかに若江のあたりに展開していた。

「もはや、将軍の御意向を確かめておるような暇はありませぬぞ」

「えぇいっ！」

かつての息子の声を聞きながら、高虎は己の膝を打った。

「このまま我等は眼前の敵と戦う。そのことを将軍と井伊殿に遣いを送って報せるのじゃっ！」

「はっ！」

「高吉っ！」

さっそく使者を立てんと下がろうとした高吉を呼び止める。

「新七郎《しんしちろう》と喜左衛門《きざえもん》に若江方面より来たる敵を攻めて、井伊勢を助けよと伝えろ」

新七郎は藤堂良勝《よしかつ》、喜左衛門は藤堂良重《よししげ》。ともに藤堂家の重臣である。

「承知」

「待て」

ふたたび高吉を呼び止める。

「御主は中備《なかぞな》えを率い、八尾を進み来る長曾我部の先陣を崩せ」

「は」

「左備えの高刑《たかのり》と一孝《かずたか》には東から敵本陣に迫れと命じよ」

藤堂高刑と桑名《くわな》一孝も信頼のおける臣である。

「氏勝《うじかつ》は八尾の北方より回り込んで、本陣を狙え。目指すは敵将、長曾我部盛親の首ひとつぞ」

氏勝も藤堂姓を許した重臣である。

「速やかに皆に命じ、御主は中備えとともにこのまま敵を攻めよ。わかったな」

「承知仕り申した」

今度こそ高吉が頭を下げて高虎に背を向け駆けだした。蹄《ひづめ》の音ともに、かつての息子が去って行くのを確かめると、高虎は近習が用意した愛馬に若者たちの助けを得ながら飛び乗った。

高吉からの伝令を受けた者たちが、それぞれの命の元、四方に散ってゆく。本陣の奥に控える高虎は、軍勢の速やかな動きに満足しながら、みずからの馬をゆるゆると進めてゆく。

はじめに敵とぶつかったのは、井伊勢の援護として若江の木村勢にむかわせていた藤堂良勝、良重の軍勢であった。

「はじまったか」

鞍の上で拳を握りしめながら、高虎はつぶやく。

いまなお道明寺の方からは敵味方定かならぬ男たちの怒号や銃声が聞こえ続けている。七日ほど前には和歌山の方でも浅野長晟が敵と干戈を交え勝利を収めている。

すでに戦は始まっているのだ。

ただしそれは、高虎とは関係のない場所での出来事である。高虎にとっての戦は、いま正にこの時、この場所で始まったのだ。

若江のあたりで、良勝と良重の軍勢が敵の先備えと激しく争っている。見たところ一進一退。どちらが優勢であるともまだ言えなかった。

良勝たちが激しく刃を交えている間にも、高吉が率いる中備えが、本陣と大きく離れ若江方面へと進んでいた長曾我部の先鋒との間合いをぐんぐんと縮めている。なかば突出したかのように見える敵の先鋒は、高吉の素早い行軍に面食らってでもいるのか、それまでの前進を止め、かすかに後退を始めたように見える。

「遅いわ」

届かぬ声を敵に投げかける。

本陣との合流を図ろうとしているのであろうが、その一瞬の躊躇が、命を失うほどの隙を生む。

高虎の思惑通り、高吉が前進を止めぬまま、前列に並べた鉄砲隊に銃撃を命じた。突然の後退で列が崩れている敵に、無数の銃弾が容赦なく浴びせ掛けられる。

「良し」

先程までの疑念を忘れたように、高虎はかつての息子の機敏な戦いぶりに歓喜の声を上げる。

良勝たちの奮戦の奥で、井伊勢が動き出した。高虎からの伝令が届いたのであろう。道明寺へとむかうのを諦め、眼前の木村勢にむかって兵を進め始めている。

木村重成という名は、高虎も聞き知っていた。

先の戦の折、出羽《でわ》の佐竹義宣《さたけよしのぶ》によって奪われた今福の柵をみずからの軍勢のみで奪い返さんとし、これを押し退け、後詰として現れた後藤又兵衛とともに、佐竹勢を敗走間際まで追い詰めたという若武者の勇名は、高虎の耳にも届いていた。敵ながらなかなか勇猛な若武者よと、高虎自身も好ましい話として聞いたのを覚えている。

だからこそ、生半な敵ではない。

「油断めさるなよ井伊殿」

赤一色で染められた井伊の軍勢が、木村重成の手勢にむかって進んでゆく。直孝の父の直政は、その武勇を家康に愛《め》でられた勇将であった。本多忠勝とともに常に家康の戦に付き従い、その武功によって近江彦根《ひこね》十八万石という大領を得た。直孝はその次男である。家督を継いだ兄の直継《なおつぐ》が病弱であるため、家康直々の命により、直孝が今度の戦に出陣することになった。

先の戦では大坂城の南面に築かれた真田丸を攻めて、手痛い敗北を喫している。満足な戦を知らぬのだから無理もないと高虎は思う。だが、こうして先陣として肩を並べて戦う相手としては、いささか心許なかった。

そんな高虎の懸念など知りもせずに、直孝は愚直に木村勢へとむかってゆく。その手前では、高虎の命を受けた良勝と良重が、木村勢の先備えと今なお激しく戦っている。

高吉の中備えによる非情な銃撃を受けた敵の先鋒は、すでに軍勢の体を成していない。生き残った者たちも、己が命惜しさに四方八方に逃げ惑い、無防備な姿を銃弾で貫かれ、無様に倒れてゆく。

万事、高虎の思うままに戦は推移している。

このまま押し続け、敵本陣を迂回しながら進む味方の軍勢が、長曾我部盛親を取り囲んで討ち果たすことができれば、上々の戦果であった。二の丸と三の丸を破却され、堀を埋め立てられた敵は、もはや大坂城に籠って戦うことはできない。この野戦で勝利すれば、形勢は覆ることはないだろう。大坂に逃れたとしても、敵に反抗の機など訪れはしないのだ。

「行け」

逸る気持ちが声となってこぼれる。

高虎はみずから槍を振るうような戦いなど、もう二度とできない。節々が軋むこの体では、馬を駆るので精一杯。先陣を争うようにして槍を振るうなど、考えただけで気が遠くなる。

「殿っ！」

近習の声に悲痛な響きがある。上機嫌に水を差された心地になって、高虎は声のした方を容赦なく睨みつけた。

泣き顔の若者が、馬の下で必死に腕を掲げている。その突き出された人差指がさしているのは、先刻まで強固な攻めを繰り広げていた良勝と良重の軍勢の方だった。

「なにがあっ……」

無粋な近習に問おうとした声を、高虎は思わず呑んだ。

木村重成の先鋒と戦っていた良勝と良重の軍勢の旗が散らばっている。もはや軍勢の体を成していなかった。

「そんな」

狼狽えた声を思わず吐いてしまったことを後悔し、高虎は言葉を途中で止めて馬から身を乗り出す。

敗走……。

散々に討ち滅ぼされている。どうやら良勝たちは、逃げ帰るのを良しとせず、その場に留まって戦っているらしい。勝利の勢いに乗る敵が、そんな良勝たちを散々に蹴散らしている。

「退け新七郎、逃げるのじゃ喜左衛門」

鞍の上の拳を揺らしながら、高虎は壊滅した味方にむかって語る。

信じられなかった。

さっきまで互角の勝負をしていたはずの味方が、少し目を逸らした隙にこれほどの敗北を喫するとは。

「木村重成……」

若武者の名を口にして、高虎は歯嚙みする。

「伝令っ！」

いつの間にか馬の下で膝立ちで控えていた使者に目を向ける。

「藤堂良勝殿討死っ！　藤堂良重殿は深手を負い退却っ！」

「なんじゃと」

うわごとのようにつぶやいた高虎に、伝令が続ける。

「良勝殿は最後まで敵のなかに踏み止まり槍を振るうておられたとのこと。良勝殿の死を知った良重殿は、敵へと突撃なされたのですが、敵陣深く切り込んだところで深手を負われ、家臣に助けられて戦場を離れたようにござりまする」

「御苦労であった」

それだけを言うのがやっとであった。主の言葉を聞いた伝令は、小さな辞儀をひとつして馬に飛び乗り、戦場へと戻っていった。

敗れた。

だが……。

本来の高虎の敵は長曾我部盛親だ。いまや木村勢は井伊勢と交戦中である。高虎が力を注ぐべき戦場は眼前にあるのだ。

高吉の目覚ましい働きによって、長曾我部の先鋒は崩れ去っていた。そのむこうでは藤堂高刑、桑名一孝に率いられた軍勢が、戦場を回り込むようにして本陣に襲い掛かろうとしている。

「我等も進むぞっ！」

高虎は右手を振り上げ、旗本に命じる。高吉たちだけに任せてはいられなかった。みずからも本隊を率いて、長曾我部勢を迎え撃つのだ。

逸る心が馬を急かす。

高虎の気持ちを悟って、旗本たちも速やかに戦場へと進む。

近づいて来る長曾我部の本陣に、高刑たちが迫っている。

「ぬかるなよ」

腹背を衝かんと、高刑たちが本陣にむかって駆け出した。

その時である。

それまでただの草地であると思われたところに、数百の敵が突然姿を現した。

「いかんっ！」

戦場から遠く離れた高虎が叫んだところで、高刑たちに伝わるはずもなかった。目の前の本隊めがけて一心に歩を進めていた軍勢が、突如現れた伏兵に行く手を阻まれ混乱を来している。敵の先備えを崩した高吉たちも、まだ加勢ができるほどのところにはいない。

覚悟を十分に定めて待ち受けていた伏兵と、虚を衝かれて動揺する味方の兵の動きには格段の差があった。将たちの命を受けぬまま、どうしてよいかわからずにただ乱暴に手にした得物を振るうことしかできぬ兵を、敵が躊躇なく屠ってゆく。殺されれば殺されるほど、味方の恐慌は増してゆく。遠くから見ている高虎の目には、伏兵はどれほど多く見ても三百ほどしかいない。高刑たちが冷静に見極めることができていれば、十分に圧倒できるだけの数を連れている。しかし、奇襲による混乱はなかなか収まらない。

「なにをしておるっ！　乱れたのならば退いて態勢を立て直せっ！」

遠くで伏兵に抗っている高刑たちへ、高虎は苛立ちを言葉にして叫ぶ。もちろん聞こえるはずもない。

焦る主の心を悟った愛馬の足が徐々に速くなる。周囲を行く旗本が、高虎につられるように速度を上げてゆく。それでも高刑たちのいる戦場まではまだまだ遠い。

長瀬川を背にして戦う敵の本隊が、奇襲に混乱する高刑たちに襲い掛かった。

みるみるうちに、味方の旗が敵の渦に吞まれてゆく。

「高吉っ！」

己が率いる本隊よりも速く、高吉に率いられた軍勢が戦場を突き進む。

北方から敵本隊への突撃を図った藤堂氏勝の軍勢が、やっと戦に加わった。高刑たちを喰い尽くそうとしている敵の後背から、氏勝が率いる後詰の兵が襲い掛かる。

「やれ、やれ、やれ、やれ、やれ……」

つぶやきながら、馬を駆る。

思うままに体が動けば、旗本らを差し置いて単騎戦場へと駆けつけたものを。

己が槍一本で戦況を覆したものを。

無力……。

みずからの老いをここまで憎らしく思ったことはない。

氏勝の到来もむなしく、敵の勢いが衰えることはなかった。

長曾我部盛親という男の鬼気迫る覚悟が、軍勢から滲み出ているようだった。

父は四国の雄、長曾我部元親《もとちか》である。信長や秀吉の介入がなければ、四国全土を己が力で捥《も》ぎ取っていたほどの勇将だ。関ヶ原での敗戦が無ければ、盛親は今ごろ土佐一国を領する大大名であったはず。それが、浪々の身となり、先の戦が始まるまでは都で子供たちに読み書きを教え、糊口をしのいでいたというではないか。

往時の栄光を再び……。

盛親は勝たねばならぬのだ。

後は無い。

この戦にすべてを賭けている敵と、江戸の将軍や駿府の狸の顔色をうかがうために数合わせで参陣した高虎たちとでは、そもそもの覚悟が違うのかもしれない。

敗けるのか己は……。

敗北という二文字が、老いた高虎の脳裡に過る。

すでに氏勝の兵たちも敵の軍勢に呑まれて見る影もない。高刑たちの軍勢は、もはや姿形もなかった。

そこに高吉の軍勢が正面からぶつかった。

さすがに武勇を家康にも認められた、かつての息子である。氏勝の到来にも微動だにしなかった敵が、高吉の突撃を受けて、わずかに散った。

思わず拳を握る。鞢《ゆがけ》に覆われた手が汗で濡れていた。

戦場を注視する高虎めがけて、旗本の軍勢を割るようにして伝令が駆けて来る。高虎は騎乗して進軍中だ。伝令も馬を降りることなく、並走しながら声を上げる。

「藤堂高刑殿、桑名一孝殿、藤堂氏勝殿、討死っ！」

皆の死を告げた若者は、二の句を継げずにいる。

「承知」

静かにそれだけを告げると、若き伝令は辞儀をして去って行く。

あの戦場で戦っている将のことごとくを失った。

己の失策か……。

いや違う。

敵の勢いに呑まれてしまっただけだ。

まだ立て直せる。

心に言い聞かせながら、眼前の戦場を注視し続けた。

「いかん」

高虎は高吉が率いる軍勢を見つめてつぶやく。

深入りし過ぎている。

高吉は武勇を誉れとしている男だ。決してみずから退くような将ではない。このままでは一門衆筆頭をも失いかねない。

「おいっ！」

主の叫びを耳にした近習が、馬とともに近づいて来る。

「高吉に退くように言えっ！　玉串川《たまぐしがわ》の対岸まで退き、態勢を立て直すっ！　早《はよ》う伝えよっ！」

「我等は如何に」

「高吉たちが戻って来るまではこのまま進むっ！　合流とともに一斉に退くのじゃっ！　そんなことより、早う行かぬかっ！」

焦りを露わにした主の叫びを聞いた近習が、うなずきとともに旗本の群れへと走ってゆく。そのうち、旗本の群れから目を見張るほどの速さの騎馬武者が単騎飛び出し、敵本隊に飲み込まれぬよう必死に戦う高吉の軍勢めがけて駆け出した。

高虎は軍勢を進めながら、高吉の帰還を待つ。

北方で戦っている井伊勢と木村勢の喊声《かんせい》と銃声も、激しさを増している。

ここで両軍が共倒れにでもなってしまえば、この先に控える将軍と家康に敵が攻め寄せるという事態にもなりかねない。それだけはなんとしても避けなければならなかった。

たとえ弱腰だと誹られようと、高虎は家康の壁であらねばならぬのだ。この戦は己だけのものではない。藤堂家の戦ではないのだ。

天下の戦。

いや。

徳川家康という一人の男の妄執が生んだ戦なのだ。

この場での勝敗など、大局のなかでは小さな点でしかない。たとえ高虎が敗れたとしても、畿内に集う二十万もの味方がいれば、その穴はいくらでも塞ぐことができる。

高虎の命を聞いた高吉が、惚れ惚れするほどの統率で、兵を素早く退く。あまりにも唐突に敵が退いたことに面食らった長曾我部の兵たちが、一瞬動きを止めた。その隙を逃さず、高吉はぐんぐんと敵との間合いを遠ざけてゆく。敵が追うよりも速く、高虎の本隊と合流するのは間違いない。

逃げる高吉の背後に本隊を見た敵が、追撃の足を止め、じりじりと後退を始めた。

高吉たちを本隊に取り込み、高虎は速やかに兵を退く。

睨み合い。

いや。

多くの将と兵を失った末の退却であることは認めなければならない。

だが、敗北を恥じることはない。

「高虎様」

血に塗れた甲冑を着込んだまま、高吉が馬とともに高虎の前に現れた。槍を握る右手が激しく震えている。長い間力を込め続けていた所為で、柄を握ったまま離れなくなっているのだ。

玉串川へとむかう馬の脚は止めぬまま、高吉に並走を許す。

「申し訳ありませぬ」

顔を伏せた高吉が、激しく肩を上下させながら言った。歯を食い縛り、怒りに震えている。高虎は無言で、忠実な一門衆筆頭の言葉を待つ。

「皆を死なせてしまいました」

「御主が気に病むことではない」

行く末を見つめたまま高虎はかつての息子に告げる。

「あれほど手痛い反撃を食らうなど思うてもみなんだ。高刑たちが死んだは、敵を侮った儂の所為じゃ。御主の所為ではない」

「しかし……」

悔しさが高吉の言葉を止めた。目を固く閉じて肩を震わせる血塗れの武士を横目に見ながら、高虎は手綱を握りしめる。

己にはこれほど激しい衝動が残っていない。

己が負けても味方がいる。

これは藤堂家の戦にあらず。

ここで盾になることが、己の真の役目である。

様々な言い訳で心を飼い慣らし、みずからの至らなさから目を背けている。力が足りなくて悔しいだとか、己がもっと戦えていれば皆が死なずに済んだとか、そんな瑞々《みずみず》しい心の昂ぶりなど、とっくの昔に枯れ果てていた。

「悔やむな。今は次の手だけを考えろ」

言いながら馬を走らせる。

高吉はかつての義父の背に従う。

「豊臣を滅ぼすまでこの戦は終わらぬ。まだまだ我等の挽回する機はいくらでもある」

「しかし皆は……」

「死んだ者はそこまでの命であったのだ。我等は生き残った。それが全てよ」

己の失策など頭に無いかのように、高虎は冷淡に言い切った。そうしなければ、高吉の若き苦悩に抗することができなかった。家臣たちの死を二人して悔やむなど、一国の主のすることではない。

己が道を行くためならば、何者であろうと踏み台にする。

阿閉貞征《さだまさ》、磯野秀昌《ひでまさ》、織田信澄《のぶずみ》に、秀長、秀吉……。仕えた者はその程度だが、殺してきた家臣は数知れない。

進む道の道程に転がる踏み台ならば、たとえ家康や秀忠であろうと、高虎は躊躇《ためら》いも無く踏んでゆく。

玉串川を渡った。

「反転し、陣を整えよ」

高虎は高吉に命じた。小さくうなずいたかつての息子が、槍を片手に旗本めがけて馬を走らせる。

敵は長瀬川を背にして兵を止めた。

「殿っ！」

忘れていた耳障りな声が高虎の心に薄暗い想いを抱かせる。

駆けて来る騎馬武者を見据え、溜息を吐く。

「某に敵への奇襲を御命じくだされっ！」

渡辺了が鼻息を荒らげながら叫ぶ。

「いったん態勢を整える。御主も命があるまで待て」

「某に御命じ下されておれば、あのようなことにはなっておらなんだっ！」

高刑たちの死を軽んじるような発言が、癪に障る。

「もういっぺん申してみよ」

「何度でもっ……」

「御注進っ！」

生意気な家臣の抗弁を止めるようにして、伝令が姿を現した。さすがの了も、主の足元に跪く伝令の言葉を止めようとはしない。

「井伊殿の軍勢が木村勢を退けましてござりますっ！　敵将木村重成は討死っ！　井伊殿は我等の加勢へとむかっておられまするっ！」

「井伊殿がやったかっ！」

思わず叫んでいた。

伝令が退くのを見届けた了が、顔を突き出しながら荒々しい声を吐く。

「じきに井伊殿が現れましょう。敵も木村重成の死を知り、大坂城へと逃げ帰るはず。追うならば、今しかありませぬっ！」

「そんなに戦いたければ好きにせよ」

猪武者に付き合っているのも疲れる。それでなくても朝からの戦でへとへとなのだ、これ以上鼻息の荒い了の言葉を聞き続けていると頭がどうにかなりそうだった。

「ではこれより、敵に攻め寄せまするっ！」

「良いか、これだけは覚えておけよ。儂が退けと申したら退け。それだけは守るのじゃ、わかったな」

「御意《ぎょい》っ！」

遊びに行くことを許された童のように嬉々として叫んだ了が、跳ねるように馬を駆りながら去って行く。

「戦馬鹿めが」

吐き棄て、胸を撫で下ろす。

井伊直孝が木村重成を退けたとなれば、こちらの戦局も好転するはずである。了の言う通り、後詰の到来は長曾我部盛親にとっては痛恨の一事であろう。十中八九、撤退を始めるはずだ。

「高吉」

かつての息子を呼ぶ。

「はっ！」

姿を現した高吉の手にはいまだ槍が握られていた。

「井伊殿が木村重成を討ったのは聞いたか」

「先程、旗本から聞き申した」

「井伊殿は我等の後詰としてこちらに向かうておるそうじゃ」

高吉がうなずいた。

遠くの方から喊声が近づいて来る。

「赤備えにござる」

息子が指さした方向から、砂塵を巻き上げながら赤一色に染め抜かれた軍勢が迫って来る。

「こうしてはおれぬ。我等も川を越えて長曾我部を攻めるぞ」

「追撃しまするか」

「すでに渡辺が出て行きおった」

「さすが渡辺殿にござりまするな。これから軍勢を整えて追撃しても遅うござりまする。渡辺殿の小勢であれば追いつけましょう」

「彼奴《あやつ》を褒めるか」

「いささか気が御強うござるが、それも武辺者であるが故のこと。鎖を付けずに飼っておれば、なかなかの働きをする御仁でありまする」

「ふん」

了を褒める高吉の器の大きさにいささかの苛立ちを覚え、高虎はこれみよがしに鼻で笑い、前線に目をやった。

「とにかく敵との間合いを詰める。その後のことは敵の動きを見てから決める」

「承知仕りました」

高吉がふたたび旗本たちの元へと去ってゆく。それから間もなく、高虎の命とともに藤堂家の本隊が川を渡った。

井伊勢の到来と木村重成の死を知ったであろう長曾我部の軍勢が、長瀬川を渡って退いてゆく。その背後を、高吉が言った通り、渡辺了が率いる一隊が攻めたてている。血気に逸ったあの猪武者の決断が、今回ばかりは功を奏しているようだった。逃げる敵の背に、了の軍勢が襲い掛かる。

形勢は一気に逆転した。

木村勢の敗走と、井伊勢の加勢によって、高虎の苦戦は完全に覆されようとしている。先刻まであれほど押されていた敵が、大坂城を目指して退いてゆく。

長瀬川の手前で高虎は軍勢を止めた。

「了はまだ戻って来ぬのか」

すでに追撃を止めた高吉も、本陣で高虎に侍っている。かつての息子に、高虎は猪武者の動向を問うた。

「どうやら今なお、敵を追い立てておるようにござります。平野あたりまで進んでおるとの報せも入っておりまする」

「平野じゃと」

大坂城の南東二里強あたりに位置する平野は、八尾と若江のいずれからも一里程しか離れていない。

「深追いし過ぎじゃ。早馬を飛ばして戻ってくるように言え」

「はっ」

すみやかに了の元へむかった伝令は、猪武者の返答を携えてすぐに戻って来た。

「なんじゃと」

肩で息をする伝令をにらみ、高虎は舌打ちを鳴らす。

「退かぬとは何事じゃ」

「道明寺の徳川勢と連携して敵を挟み撃ちにするよう、殿に進言いたすと」

「なにぃ」

「わ、渡辺殿の申されたことをそのまま述べたまでにござります」

恐れる伝令が肩をすくめる。

「もう良い！　高吉」

「は」

忠実なかつての息子が顔色ひとつ変えずに、足元に跪く。

「良いから戻って来いと、もう一度早馬を飛ばせ」

「承知仕りました」

結果、了は再三の帰還命令に聞く耳を持たず、秀忠より遣わされていた軍目付《いくさめつけ》を説き伏せて、本隊の追撃を要請してきた。結果、道明寺方面より大坂城へと戻る敵兵たちは、渡辺等を避けるよう支道を通って城へ戻ることを余儀なくされた。

この戦で藤堂勢は七百八十八もの敵の首を挙げたのだが、部将六人と三百の兵を失うという多大な犠牲を払うこととなった。

結局、渡辺了は高虎との数多くの衝突が仇となり、この戦の後に藤堂家を出奔する。高虎は了の出奔を怒り、彼を召し抱えることを禁ずる書状を、日ノ本じゅうの大名家に送り、そのため渡辺了は浪々の身とならざるを得なかった。


「いやはや、今度は往生いたしたようだの」

柔和な笑みを浮かべる好々爺の言葉を、高虎は頭を垂れながら聞いた。己が肩に手を置く翁は、彼が主と仰ぐ男であった。

「ずいぶん攻めたてられたようじゃが、まぁ、追撃が功を奏したではないか。御見事、御見事」

掌で二度ほど高虎の肩を叩いた家康が、ゆるやかに笑う。かつてのような張りのない笑い声には、拭いきれない老いが滲み出している。

追撃が功を奏した……。

家康が褒めたのは、高虎の功ではない。

あの猪武者の独断専行である。高虎の命を無視した了の追撃がなければ、今度の戦で褒められるところはないと言っているも同然ではないか。

「敗け申した」

「いやいや、敗けてはおらぬ」

苦痛に震える高虎の言葉を朗らかな声でさえぎってから、家康は肩から手を放した。

二人きりである。

八尾での戦いがひと段落し、命を無視して敵を追っていた了も戻って来た後、高虎は今度の戦の報告のために家康の陣所へむかった。忠臣の到来を聞いた家康は、供の者すら陣幕の外に出して、高虎を呼んだ。

幔幕の裡に入るやいなや、高虎は家康にひれ伏して今度の戦の不始末を詫びたのである。

「面《おもて》を上げられよ」

設《しつら》えられた床几にすら座らずに、地にひざまずく高虎に、家康が柔らかい声を投げかける。その情け深い響きに誘われるように、高虎は頭を上げた。

「ささ、御立ちになられよ」

床几に座るのではなく、立てと言う家康に従い腰を上げる。

「いま届いたばかりよ」

家康が座るべき上座の床几の前に三方があり、その上に首桶が置かれていた。

「木村重成の首よ」

「あぁ」

呆けた声を吐いた高虎は、家康に手を取られるようにして上座のほうへと回り込む。

「直孝め、敵の伏兵に苦しみ、一時は押されおったが、全軍で堪え、遂には重成を討ちおった。冬の戦で真田の小倅に苦しめられた汚名を挽回するために必死であったのであろう。ほほほ」

嬉しそうに言った家康が、静かに首桶の蓋《ふた》をみずから取った。

風が吹いた。

首のほうから甘い匂いが漂ってくる。

「御覧《ごろう》じろ」

うながされるまま高虎は三方の上の首を見た。

月代《さかやき》と髭を綺麗に剃った艶《つや》やかな肌をした若者が、静かに目を閉じている。

このまま……。

瞼を開いて喋りそうだった。

　生きている。

　そう思えるほど、重成の首は麗しかった。

「此奴め、何時如何なる場所で果てても良いように、その身に香を焚き付け、髪や髭も整えておったようじゃの」

「そのようにござりまするな」

　忘我のうちに高虎はひざまずいていた。みずからの視線を、穏やかに眠っている重成の目の高さに合わせる。

　若者の顔には苦悩の色は微塵もなかった。ゆるく閉じられた唇は、かすかに笑っているようにも見える。

「敵に囲まれた此奴は最期まで背中を見せることなく果敢に槍を振るうておったそうじゃ。冬の戦の折、佐竹を散々に攻め散らしたのは後藤又兵衛がおったためではなかったようじゃの。木村重成……。敵ながら天晴な武士であることよ」

「左様にござりまするな」

「互いに老いてしもうたな」

　いつの間にか家康の顔が、高虎の隣に並んでいる。しゃがみこんだ翁の手が、ふたたび肩に触れた。

「のぉ、高虎よ。儂等には此奴のような死に様は選べぬのぉ」

老いさらばえた高虎と家康には、みずから槍を振るって敵に背を向けずに討たれるような死に様は逆立ちしても望めない。

そう……。

高虎は、重成のような清々《すがすが》しい顔で死ぬことは許されぬのだ。

「ただ醜く老いさらばえ、褥の上で死ぬ……。果たして儂等が望んだのは、そのような死に様であったのかのぉ」

家康も高虎も、いくつもの修羅場を潜り抜けて来た。

死にたくない。

その想いは互いに持っていたはずである。死から逃れるため、必死に抗ってきた末に、今の二人がいるのだ。

間違っていない。

高虎は断言できる。

生き残るために、主家を裏切った。みずからの家を守るためならば、一国一城の主にしてくれた者に後ろ足で砂をかけることも厭わなかった。

家康もそうだ。

この場で息をしている二人は、目の前の若者よりも武士として器用に立ち回った。その末に、余人が羨《うらや》むほどの栄達を得た。戦に敗けても覆らぬほどの力も得た。

なのに何故だ。

目の前の首に敗れた気がするのは。

今日の戦の敗けなど敗けではない。悔恨の情はある。思うままにならぬ怒りもある。だがそれらはすべて、高虎の掌中で思うままになる程度の感情の昂ぶりではないか。

重成は違う。

若さ故の純粋な死……。

最期まで武士たらんとして前を向いて死んだ者の高潔な覚悟に、高虎は打ちのめされている。老いた己には決して手に入れることのできぬものを、目の前の重成は持っている。そのおだやかな寝顔が、高虎を苦しめる。

「醜き姿を晒しながら、生きてゆかねばならぬのぉ高虎」

肩をつかむ狸の手が、腹立たしいほどに熱い。

「此奴のように死ぬことができなんだ儂等には、やらねばならぬことがある。此奴のように若くして死なねばならぬ者がおらぬ世を、創らねばならぬのじゃ」

この若者を死に追いやったのは、間違いなくこの老いた狸の妄執である。しかしそれすらも忘れ、天下に静謐《せいひつ》をもたらさねばならぬという強大な自我のもと、信じた道を邁進《まいしん》することができる徳川家康という男に、高虎は底知れぬ恐怖を感じる。

重成の若さにも……。

家康の老獪さにも……。

敵わぬ。

「大御所様の築かれる太平なる世のために……」

敗北感に満ち満ちた声で高虎は言葉を紡ぐ。

「某はどこまでも付き従いまする」

「頼んだぞ」

老いた狸に深々とうなずいた。

結局……。

高虎は重成よりも家康よりも生きた。

これより十五年後。

七十五で生涯を終えるまで、高虎は存分に生きた。

禄

真田左衛門佐信繁
大御所徳川家康

残された手など……。

もうなにもなかった。

真田左衛門佐信繁は、大坂城の天守の上から、夜闇につつまれた城外を見下ろしていた。

道明寺にて後藤又兵衛と薄田兼相らを失い、若江で木村重成を失った。城を出て進軍してくる敵の機先を制しながら、その勢いを削いでゆくという策は、各地での敗戦によって脆《もろ》くも崩れ去ってしまった。二十万という敵の大波に押し込まれるようにして、豊臣方の将兵はふたたび大坂城に籠らざるを得なかった。

恐らくすでに敵は大坂城を包囲するために動いている。夜半には、信繁が見下ろしている城の南方を敵が埋め尽くすことになるだろう。

道明寺で又兵衛と兼相を救えず、誉田の地で毛利勝永とともに敵と戦った信繁が城に戻り、おなじく八尾の地で藤堂勢と激戦を繰り広げた長曾我部盛親の帰還とともに城内で評定が開かれた。

城の南方で敵を迎え撃つ。

その評定で定められた策であった。

策などという大層なものではない。もはや豊臣方には、それ以外の道が残されていなかっただけのことだ。

明日、城の南方に到来する敵は、少なく見ても十五万を下ることはないと信繁は見ている。一方、城より打って出て南方に展開できる豊臣方の兵は五万を超えるかどうかというところである。

先の戦では十万と二十万であったのを考えると、その差は大きく開いてしまった。

倍と三倍……。

敵の方が多いのは先の戦も今回も変わらない。数の多寡《たか》よりも深刻なのは、城の備えであった。

二の丸と三の丸が無い上に、ほとんどの堀が埋め立てられたままである。城攻めに無類の才を発揮した太閤秀吉がその才の粋《すい》を尽くして作り上げた難攻不落の城は、今やその備えのことごとくを失い、丸裸同然であった。十五万もの大軍が一斉に攻め寄せれば、勝機などあったものではない。先の戦の折に築いた真田丸などという小細工では、今回の劣勢は覆しようがないのだ。

やはり。

あの時、殺すべきであった。

信繁は二十三年前の肥前、名護屋城でのことを思い出す。

崖の上に一人立つ家康を見付けた。

不意を突き、背後から押せば崖から真っ逆さま。労せずして家康を殺せる場所に、信繁は立っていた。

いつかこの男は、天下に仇なす。

漠然とだが、胸にそんな疑念が湧いたことを、信繁はいまでもはっきりと覚えている。

迷った。

心底から迷った。

そして結局、信繁は声をかけた。

秀吉が健在であった頃の豊臣家には、家康は間違いなく必要な男であった。殺すには惜しいと思い返し、些末な冗談で茶を濁して別れた。

「詮無きことか」

昔を悔いても今更どうなるものでもない。

敗北……。

今夜、広間に集った多くの者の頭のなかには、その二文字が克明に刻まれていた。誰の顔にも覇気はなく、又兵衛や重成を失った痛手が、強烈な焦燥となって疲れ果てて乾ききった面の皮に貼りついていた。

まだ敗けた訳ではないっ！

そう高らかに宣言したところで、信じてくれる者など一人もいなかった。間近に迫ったむごたらしい死を恐れる者どもの耳には、真実であってもむなしい強がりにしか聞こえないのだ。

敗けていない……。

信繁は信じている。

いや。

心底からそう思っている。

願望などという脆弱《ぜいじゃく》な想いなどではない。

策がある。

勝てるのだ。

だが、果たして誰がそれを信じてくれるだろうか。馬鹿げた策であることは間違いない。童でも考えつくような策なのだ。もしかしたら、信じるほうがどうかしているのかもしれない。

「こんなところにおられたか」

涼やかな声が夜風に乗って信繁の頰を撫でた。城外から目を逸らし、肩越しに声のした方を見ると、見慣れた顔が近づいてくる。己の隣に立ったその顔は、惚れ惚れするほどの美しい笑みを浮かべながら空を見上げていた。

毛利勝永。

後藤又兵衛、長曾我部盛親、明石全登とともに大坂五人衆などともてはやされたこともあった。

秀吉股肱の臣であり、かつては豊前《ぶぜん》に四万石を領する大名であった男である。関ヶ原にて毛利方に与して所領を失い、高知《こうち》山内《やまうち》家預かりとなっていたが、今回の豊臣家の決起に乗じ国を抜け、大坂城に入った。後藤又兵衛が死んだ道明寺での戦では、信繁とともに後備えを率いており、又兵衛と兼相が死んだ後には、又兵衛を失った後藤勢をまとめて、続々と大坂城へと戻って来る味方を助けるため殿《しんがり》を務めた。

五十に手が届かんとする信繁より十ほど年若い勝永は、男が羨むほどの整った顔立ちをしている。四十になろうとしているとは思えぬ瑞々しい頬を緩めながら、美貌の武辺者は瞬く星を見上げて桃色の唇を震わせた。

「探しましたぞ」

天守の手摺に掌を置いて、わずかに身を乗り出すようにして信繁の隣に立った勝永は、城下を眺めながら続けた。

「あそこでも隣に参りまする」

言った勝永の視線の先に、城の南に広がる平地があった。

評定にて今回の戦の布陣は定まっている。敵は夜半に兵を進ませ、城の南方に位置する天王寺《てんのうじ》口と岡山《おかやま》口から攻め寄せて来るのは間違いない。城の西南方面に天王寺口、南東、奈良《なら》街道から通じる方が岡山口である。信繁は天王寺口から攻め寄せる敵に備えるために、城の西南方向、先の戦で家康が陣を置いた茶臼山《ちゃうすやま》に手勢を展開させることになっていた。勝永は信繁の東方に布陣する。勝永より東方に布陣する竹田《たけだ》永《えい》翁《おう》、浅井長房《ながふさ》らとともに、味方の最前に陣取る手筈であった。

城下をぼんやりと眺めたまま、勝永がなおも言を重ねる。

「みずから先陣を務めることにのみ頑なに固執しておられた様に御見受けいたしまし

た」

「御手前もであろう」

城より打って出て最後の決戦に臨むしかないことは、誰の目にも明らかであった。

信繁が主張せずとも、明日の野戦は不可避であった。だから、出過ぎた真似はできるだけ避けた。

信繁にはやるべきことがある。

そのためにはしなくてもよい主張に時と気を使いたくなかっただけのこと。

天王寺口の先陣を務める。

それだけが信繁の望みであった。それが叶えられるならば、他はどうなっても良い。誰がどこに布陣しようが、誰が逃げようが、誰が死を賭して戦おうが、知った事ではなかった。

故に。

勝永が強硬に信繁の隣に布陣することを主張した時にも、なんら思うところはなかった。

好きにすれば良いではないか。

その想い以上でも以下でもなかった。

先刻の返答も、ただ間を繋ぐだけの言葉であって、勝永の想いを探るつもりなど毛頭ない。

「信繁殿」

みずからが先陣を買って出た訳を語ることなく、美貌の牢人は口許を引き締め、城下から目を逸らした。

「其処許の存念を御聞きしたい」

「なんのことか」

「惚《とぼ》けても無駄ですぞ」

きっぱりと言い切った勝永の目が、剣呑《けんのん》な光を孕《はら》みながら信繁を捉える。

「あれほど勝ちに執着なされておられた真田殿が、今日の評定では貝のごとく口を閉じておられた」

「先陣を買って出たではないか」

「それ以外は、腑抜けのごとく押し黙っておられた」

「それがどうしたと申されるのか」

「真田殿らしくもない」

「らしいなどと……」

思わず笑ってしまう。

表裏比興の者、真田昌幸の才を受け継いだ智将。

関ヶ原にて徳川に抗った大罪人。

真田丸の英雄。

どれもこれも……。

人が作り出した幻想に過ぎない。本当の真田信繁という男のことを、誰が知っているというのか。

己でもわかっていないのに……。

果たして真田信繁という男は、いったい何者なのだ。

「教えてくれぬか毛利殿。真田信繁らしいとは、いったい如何なることか」

「それは……」

口籠る壮年の武士を無心の眼で見つめながら、信繁は答えを待つ。すると長い睫毛《まつげ》を一度だけわずかに伏せた勝永は、こくりと顎を上下させてから信繁に正対して語り始めた。

「どのような時でも常に笑みを絶やさず、一心に勝つことのみを求め、恐れる兵の先頭に立ち槍を振るう。某にとって真田殿は武士の鑑にござる。其方のように生きたい。其方のような武士になりたい。大坂城に入ってからというもの、某はそう思うて生きて参った」

「四万石もの所領を持っておられた毛利殿にそのように思うていただけるような男ではござらぬよ、儂は。紀《き》州《しゅう》九度《くど》山《さん》に流された罪人であり、真田の家督すら継げぬ牢人にござるよ」

兄は……。

徳川に与した兄は、体の調子が思わしくなく今度の戦には参陣していないと聞く。長いこと会ってはいないが、真田の名は兄が血脈を繋いでくれると信じている。

己は石礫《いしくれ》だ。

路傍《ろぼう》に転がり、人知れず砕けて砂になる。

それで良い。

「なにを隠しておられまする」

「隠すとは」

惚けた信繁に、勝永が身を乗り出す。互いの甲冑が触れ合って、甲高い音を鳴らしたが、壮年の荒武者は構いもせずにみずからの想いを言葉にする。

「真田殿が勝ちを諦《あきら》める訳がござりませぬ。誉田から退いて大坂城に入った時、某は真田殿がこぼした言葉を聞き逃しはしなかった」

勝永の目に炎が宿る。

「まだ終わらぬ……。馬上で虚空を見据えながら、真田殿は申された。勝ちを諦めておられぬのは明らか。どのような策をその胸に抱いておられるのか。某にだけは御教えいただきたい。最後まで勝利のために共に戦う。そのために某は、真田殿の隣に布陣することに決めたのです」

熱い。

いや。

暑苦しい。

この男がこれほど情深き男だとは、城に入った時は思いもしなかった。その流麗な顔貌《がんぼう》が、毛利勝永という男を涼やかな気性であると錯覚させている。涼やかに整った目鼻に自信をみなぎらせたその様は、泥臭い執着などとは無縁な男であると万人に思わせるのだ。

しかし、信繁は道明寺で又兵衛が死んだことを知った時の勝永を見て、この男の熱き魂に触れた。

霧に苦しみ兵を進めることすらままならぬなか、道明寺にて後藤又兵衛が討死したという伝令からの報せを聞いた勝永は、天を仰いであらん限りの声と気を吐き出して吠えた。その声は陽光を呼び、霧を晴らした。

朝が迫っていたのは間違いない。陽光が照り始めるのはわかっていた。しかし信繁には、勝永の雄叫《おたけ》びが霧を晴らしたように見えたのだ。

又兵衛の仇を討つまで城には戻らぬ。

そう言った勝永は、道明寺から逃げて来る後藤勢たちを合流させると、迫り来る敵を迎え撃ち、一歩も引かなかった。

「御教えくだされ真田殿。必勝の一手を」

この男ならば。

幻想染みた己の策を、正直に受け取ってくれるのではないか。

賭けてみるか……。

「家康を討つ」

信繁の声が勝永に届いた刹那、美貌の牢人の白き喉の突起が大きく上下した。勝永の真剣な眼差しを受けながら、信繁は誉田から戻ってから心中で飼い続けている、邪な獣を言葉にして曝け出す。

「もはや我等に残された道は、敵の大将を討つことのみ。家康の首を取れば勝てる。

将軍秀忠の妻は御方様の妹。秀頼様の妻は将軍秀忠の娘よ。本気で豊臣を潰そうとしているのは古狸ただ一人。妖《あやかし》染みた化け狸さえ死んでしまえば、皆にかかった幻も消える。豊臣家が生きる道はこれしかない」

勝利……。

信繁にとっての勝ちが、豊臣家の存続にあるとは己自身でも思ってもみなかった。真田家への執着はもうどこにもない。兄がいればなんの心配もない。

我が身は石榑。

栄達など望みもしない。

ならばあとは、豊臣家を……。

あの秀頼という若者を生かす以外に、信繁の勝利はなかった。

一年前、大坂城に入るまでは、そんなことを己が思うなどと考えてもみなかった。真田昌幸の息子として、真田の才を買われて、もう一度武士として戦える。その程度の浅はかな想いだけで、信繁は大坂の城に入ったのだ。

豊臣家、そして秀頼。

己を昌幸の息子としてではなく、才ある若者として身近に置き、所領まで与えてくれた今は亡き秀吉への恩に報いる。

「柄ではない」

「は」

信繁のつぶやきに勝永が首を傾げる。

「なんでもない」

照れ笑いを浮かべ、信繁は首筋を掻きながら、闇に沈む城外に目をむけた。

「儂は明日、ただひたすらに家康の本陣を目指す」

「天王寺口に家康は来ますか」

「来る」

言い切ったが、強がりである。

天王寺口と岡山口の双方に将軍と家康のいずれかが布陣するのは間違いないと思う。ただ、天王寺口に家康が入るかどうかは賭けである。

勝算が無い訳ではない。

城と正対する天王寺口に比べ、奈良街道に続く岡山口は城の南東角へむかって斜めに伸びている。正面からぶつかるのは天王寺口に布陣する軍勢であろう。

大坂城を落としたいのは誰だ。

家康である。

駿府の古狸は、みずからの手でこの戦に決着を付けたいはずだ。戦下手の秀忠に天王寺口を任せるはずがない。

「家康は必ず天王寺口に来る」

もう一度、断言した。そして、右腕を掲げ、闇のむこうに見える天王寺口を指差す。

「一直線に敵陣を突っ切り、本陣深く陣取る家康の首を取る」

本気だ。

だが。

評定の席でそんなことを口にしても、戯言《たわごと》だと一蹴されて終わりだ。そんな無謀な策のために兵を割けぬと言われ、信繁が先陣を務めることすら叶わなくなる。

だから黙っていた。

誰も信じてくれぬ勝ち筋を、己が胸で温め続けるために。

「はははははは」

天を仰いだ勝永が、大声で笑った。流麗な目鼻を歪めてひとしきり笑った勝永が、手摺から身を乗り出すようにして天王寺口のほうを見る。

「そは豪儀な策でござるな。たしかに譜代の臣たちに聞かせるのは惜しい。黙っておられたのは良き判断にござる」

もはや大野兄弟等、豊臣譜代の臣たちは勝ちを諦めている。明日の戦も、豊臣家の栄華を誇る最後の晴れ舞台程度にしか思っていない。

そんな奴等に語ってやる気はなかった。

「信繁殿」

満面に笑みを浮かべながら、勝永が漆黒の鎧に覆われた己が胸を拳で叩く。

「其処許だけでは家康の首を斬るのはいささか心許ない」

「大丈夫じゃ」

やると決めたからには、必ずやる。

たとえ信繁一人になろうとも、家康の首を取って見せる。

「某が……。この毛利勝永が、真田殿を本陣へ導く槍となりましょう」

胸に拳を置いたまま、美貌の武士は快活な声で語る。

「真田殿の行く手を阻む者たちは、某が打ち砕きまする。某が開いた道を真田殿は進んでくだされ。二人でともに、家康を討ちましょうぞ」

心強い。

「御頼みできるか毛利殿」

深々と頭を垂れる。

「打ち明けてくださったこと、この毛利勝永、一生忘れませぬ。たとえこの身が朽ちようとも、必ずや真田殿を家康の元へと御導きいたしまする」

「頼んだぞ」

「はい」

拳を突き出す。

勝永の胸の拳が信繁が掲げた拳を打つと同時に、出陣を報せる法螺貝《ほらがい》が城内に鳴り響いた。

*

夜通しかけての行軍は、七十四年も酷使し続けてきた体にはいささか堪えた。

重い瞼を気合で持ち上げながら、徳川家康は天王寺に定めた本陣深くに設えられた己の床几に座している。

鎧を着けているだけで重くて堪らない。身動きすらままならぬでは、戦の差配などできはしない。だからはなから鎧は用意せず、浅黄《あさぎ》色の帷子《かたびら》に茶の羽織を着込み、編笠を被って武者草履《ぞうり》という軽装で戦に臨んでいる。

不都合があるはずがない。

十五万もの陣容の最奥に位置する家康の元まで、いったい誰が辿り着くというのか。褌《ふんどし》一丁であったとしても、誰も咎《とが》めはしない。疲れず、長い間床几に座っていられることが、この戦において家康がなによりも優先させるべき事柄なのである。開かれた幔幕の先に兵の姿はない。家康の視界をさえぎらぬよう、細心の注意を払い隊列は整えられていた。

遥か先に大坂城が見える。

己が知るかつての面影は見る影もない。土の上に露わとなった城は、本丸だけとなり、取り壊された二の丸と三の丸の跡地には、申し訳程度に柵が張りめぐらされている。家康が寝起きしていた西の丸があったあたりも取り壊されてしまって、のっぺりとした土の地平が広がっていた。

「ふぁあ……」

平野で秀忠と合流するまでの行軍中は、駕籠《かご》のなかで眠っていた。さすがに老齢である故、馬上で夜を越すのは今日の戦に差しさわりがあると思ってのことであった。

というのに。

まだまだ眠い。

もはや体が戦などという荒事に付いて行かないのだ。道理ではない。否応なき現実なのである。どれだけ道理で抗おうとしても、体が言うことを聞かない。一刻でも一瞬でもいいから眠らせろという体の叫び声に、家康という自我が耐えられないのだ。

樫井での浅野長晟の、大野治房への勝利。道明寺での後藤又兵衛の討死。若江での木村重成の討死。八尾では藤堂高虎が長曾我部盛親に苦戦はしたがなんとか勝利を収めた。敵は往時の半数、五万程度にまでしぼんでいるという。

もはや。

勝ちは揺るがない。

家康が許すと言わなければ、間違いなく豊臣はこの数日中に滅びる。そして、家康は決して許すなどと口にすることはない。

豊臣は滅びるのだ。

家康が眠っていたとしても、状況はなにひとつ変わらない。城の南方に諸国の大名が十五万もの兵とともに陣取っている。それを迎え撃つように展開する豊臣方の兵は、見るからに心許ない。

遂にここまで引き摺り出した。

先の戦では万全なる大坂城に十五万もの兵で籠り、堅く門を閉ざして徳川方の諸将の攻勢を頑強に阻んでみせた。砲撃により淀の方の心胆を寒からしめ、なんとか講和に持ち込み、その条件として二の丸三の丸を破却させたのも、この日のためだ。

樫井、道明寺、若江、八尾と、畿内周辺での戦に勝利し、城まで迫ってもなお、敵は堀のない城内に籠ることはできなかった。

野戦による完膚無きまでの勝利。

これにより家康の、徳川家の治世は完遂する。

「ふう……」

それにしても。

本当に眠い。

家康の本陣を守る鉄壁の備えは、本多忠勝の息子、本多忠朝《ただとも》を先鋒とし、松平忠《ただ》直《なお》、榊原康勝《さかきばらやすかつ》、水野勝成、酒井家次《さかいいえつぐ》、本多忠政、松平忠明、松平忠輝、伊達政宗、浅野長晟等が、幾重にも層を成し、天王寺口より大坂城へ迫らんとしている。

一方、息子の秀忠を総大将とした岡山口は先鋒に前田利常を配し、本多康俊《やすとし》、本多康紀《やすのり》、遠藤慶隆《えんどうよしたか》、片桐且元、宮木豊盛《みやぎとよもり》、井伊直孝、藤堂高虎、細川忠興《ほそかわただおき》らが陣を並べていた。

今日の先陣を務めるはずであった藤堂高虎が、八尾での戦で多数の将を討たれ損耗はなはだしいため、先陣を辞退したいと申し出てきた。それを聞き入れ、先日高虎とともに戦った井伊直孝等も脇に布陣させるという処置を取り、新たな先陣として本多忠朝と前田利常を配した。疲れた先陣を引かせても、代わりなどいくらでもいるのだ。

総勢十五万。

圧倒的な備えである。

すべての絵図を引いた家康自身、いささか大人げないと思わぬでもない。だが、戦はなにが起こるかわからない。わずかな慢心が油断を生み、なにもかもひっくり返されるということを、家康は身をもって味わっている。

五十五年前。

桶狭間《おけはざま》……。

かつて家康が人質として家臣同然の扱いを受けていた今川義元《いまがわよしもと》が、四万を超す大軍を擁し尾張へ侵攻した。その際義元は、桶狭間の地にて織田信長の奇襲を受け陣没した。この敗戦により今川家は凋落《ちょうらく》の道を辿り、信長は日ノ本全土にその名を轟かせた。

家康はその最中にいたのである。

十九の若武者であった家康は、義元が討死したとの報せを大高城《おおだか》で聞いた。天地がひっくり返るとはこのことだと、今になってみても思う。あの時点で、義元が信長に敗れることなど誰も思ってもみなかったはずだ。恐らく織田家の家臣たちのなかでも、信長の勝利を信じていた者などわずかであったはずである。

勿論、家康は義元の勝利を疑っていなかった。

しかし義元は敗れた。

慢心が義元を首にしたのである。

戦はなにが起こるかわからない。それを痛感させてくれた義元に、家康は七十四になった今でも感謝している。家康がこれまで幾度も死にそうになりながら、誰よりも長命でいられるのは、あの時の義元の油断のおかげであった。

何時如何なる時も油断をしてはならぬ……。

その言葉は、家康の心の奥底に強烈な楔となって今なお突き立っている。

それでも。

老いた体が、その厳しさに付いて行けなくなっているのは明らかだった。どれだけ家康がみずからに油断を禁じても、眠気がそれを許さない。

眠いものは眠い。

仕方がないのだ。

「うぐっ」

欠伸《あくび》を無理矢理押し殺した所為で、食い縛った歯の隙間から呻《うめ》きが漏れた。

「如何なされましたか」

側に侍る若き近習が、背後からわずかに身を乗り出して、老いた家康の横顔を覗き込む。

「なんでもない」

ぞんざいに答えながら、家康は眼前に広がる敵の布陣を見据える。

気がかりなことがただ一つだけあった。

六文銭だ……。

天王寺口に布陣する徳川勢と相対する敵の最前に、真田の旗が揺れている。そこは、先の戦の折に家康が陣所に定めた茶臼山であった。

「真田信繁か……」

まるで家康を待ち受けるかのように、天王寺口を阻むようにして翻《ひるがえ》る深紅の六文銭の旗が、これまでの真田との因縁を脳裡に蘇らせる。

二度に亘《わた》る上田城を巡る戦。

先の戦での真田丸での激闘。

真田は常に家康の行く道に立ちはだかってきた。

今回もなにか考えているのかもしれない。

「詮無きことか」

弱気になる己自身に語りかける。

さすがの真田信繁もこれだけの陣容を前にして、抗うような術など持ち得ているはずがない。みずからの心中で過大なまでに大きくなっている真田の名を払拭《ふっしょく》するためにも、今回の戦は完膚無きまでに敵を叩き潰さねばならぬのである。そして、それができるだけの兵を、家康は引き連れているのだ。

陽が昇る。

昼まではまだ少し間があった。

「焦ることはない」

床几に腰を据える。

万全の備えで敵を叩く。

「まずは御主からじゃ」

紅の旗を睨みつけ、家康は妖しく笑った。

＊

「やはりそのようなことであろうと思うておったわ」

細面には不格好なほど大振りな兜を着けて微笑む大野治長を前にして、信繁は小さな溜息を吐いた。

茶臼山の陣所である。

今こうしている間にも、いずれの将がいきり立ち、火縄銃の引き金を引いて戦を始めるか解ったものではないのだ。

すでに朝という刻限でもなかった。昼にはまだ間があるが、陽は東の空に燦燦《さんさん》と照り輝いている。

全軍が布陣を終えた。

そう思った矢先に、治長が茶臼山に現れたのである。

連れて来たのは勝永だった。秀頼の到来を待つために天王寺口方面の最奥に布陣していた治長は、単身勝永の陣所に飛び込んで面会を求めると、一緒に信繁のところへ行くと言い出したという。治長の勢いに押されるままに、勝永はみずからの手勢に待機を命じて茶臼山へと馬を走らせた。

そして、勝永と二人だけで思い定めていた策を、信繁から引き出したのである。

家康を討つという信繁の言葉を聞いた治長は、見たことがないほどの朗らかな笑みを浮かべた。

三者だけの軍議、周囲に人はいない。治長の笑みを見たのは信繁と勝永だけである。

「先日の評定での信繁殿の御姿、今朝の布陣を改めて拝見し、なにか思惑があるのだとは思うたが、やはり御二人でそのようなことを謀《はか》られておったか」

すべてを語ってしまったのだから、もはや後には引き下がれない。信繁は胸を張って治長と相対する。

「御止めになられても無駄じゃ。もう布陣も定まった。戦は始まっておる」

「いや」

ささやいた治長が重そうな兜を思い切り振りながら二人に頭を垂れた。

「申し訳ない。そこまで御二人を追い詰めておったことに気付かなんだとは、この大野治長一生の不覚にござる」

「いきなり、どうなされたのじゃ」

信繁は素直な想いを、頭を垂れたままの治長にぶつける。

「昨日、後藤殿と木村殿が討死してからというもの、其処許は腑抜けになられてしまわれた。今度の戦がどうなろうと知った事ではないとでも言わんばかりの態度であったではないか」

「たしかにそう思われても仕方ない」

苦々しく頰を歪め、治長が頭を上げた。

「儂はたしかに諦めておった。もはやなにをどうしても豊臣の敗北は避けられぬ。ならば、もう無様に抗うことなどせず、武士らしく御方様と秀頼様を最期まで見守ろうと決めた」

「しかし其方は死んではならぬ身ぞ」

天王寺口の最奥に腰を据え、秀頼の出馬を待つことが、治長の役目である。万一、豊臣方が敗れた際すぐに城内に取って返して秀頼と淀の方を守ることは、この男にしかできない役目であった。

「真田殿。其方が諦めておらぬのではないかと、思うた故に儂はこの場に立っておる」

治長の顔には迷いがない。なにかを吹っ切った清々しさが、細い顔に緩やかな笑みとなって満ちていた。

「もう一度……。もう一度だけ、其方たちと戦うてみたい。そう思うた故に、儂はここにおる」

「どこまでも」

そこまで口にして、信繁は思わず笑ってしまった。

「腹の読めぬ御仁よな」

「又兵衛殿や盛親殿のように腹を割って話すことが出来ぬ性分である故に、皆に迷惑をかけたことであろうと思う」

「ぎこちなきことこの上ない」

勝永のつぶやきに、三人して笑う。

「しかし」

信繁は治長を見つめて言を重ねる。

「修理殿にはみずからの陣に戻ってもらわねばならぬ」

「何故」

「其方自身が申された通り、其方は最後まで秀頼様と御方様を御守りするという務めがある。こんなところで死んで良い男ではない」

「しかし」

「しかしも案山子《かかし》もない」

きっぱりと言い切る。

治長が助けを求めるように勝永に視線を送る。しかし眉目秀麗な武士は、目を伏せ首を左右に振って信繁の言を肯定した。

「其方の気持ちは受け取った。この真田信繁。修理殿の想いとともに戦場を駆ける。故に、治長殿。其処許は早う、みずからの御陣に戻られよ」

「ならば」

口をへの字に曲げた治長が、ぐいと胸を突き出し信繁に詰め寄る。

「某の策を御聞きくだされ」

拒む理由はどこにもなかった。信繁は静かにうなずき、不器用な豊臣の忠臣に発言をうながす。

「これより全軍を天王寺口に集める」

「岡山口の治房殿等もか」

勝永の問いに治長がうなずく。勝永の言う通り、岡山口から侵攻してくる敵を阻むようにして、治長の弟の大野治房を最奥に置き、御宿政友、二宮長範《にのみやながのり》、岡部則綱、山川賢信、北川宣勝《きたがわのぶかつ》らが横並びに布陣している。

「敵の目を天王寺口に集中させる。その間に船場《せんば》にいる明石全登に戦場を大きく迂回させるのだ」

たしかに城の西方に位置する船場には、遊軍として明石全登が陣を布いている。

「明石殿に敵の腹背を衝かせ、隙を作る。その虚を衝いて、毛利殿と真田殿は一直線に家康の陣所を目指すのだ」

「できるのか。そんなことが」

「やってみる価値はあると思うが」

勝永の問いに治長は真剣な面持《おもも》ちで答える。

先刻までは信繁と勝永のみの策だった。二人で家康を討つ。それで十分だと思っていた。しかし、治長の到来によって局面は劇的な変貌を遂げようとしている。

「其方たちだけではなく、豊臣家総出で家康を討つのだ」

「こんな荒唐無稽《こうとうむけい》な策を皆信じてくれるだろうか」

治房をはじめとした全軍を囮《おとり》として使うという策である。皆が納得してくれるとは到底思えない。

治長は揺るぎない眼光を信繁にむかって放ちながら、淀《よど》みない声で語る。

「天王寺に集まる諸将には、敵の狙いをひとつに絞らせるとだけ語れば良い。明石殿にはみずからが必勝の一手を打つのだと思いこませれば良い」

「騙すと言うのか味方を」

勝永の問いにうなずきながら、治長は信繁のほうを見た。

「勝てば良い。そうでありましょう真田殿」

「ふん」

どこまでも小癪な男である。

信繁は鼻から息を吐き出し、力強くうなずく。

「騙したことを謝るのは家康の首を取ってからで良かろう。のぉ勝永殿」

それを聞いた治長の顔がぱっと明るくなった。

「それでは諸将に伝令を……」

「それは儂等がやる故、其方は早う御陣に戻られよ。こうしておる間にも秀頼様の出馬があるやもしれん。その時には敵にも知れるよう、千成瓢箪《せんなりびょうたん》を高々と挙げてくだされ」

言って信繁は治長の背を押す。

「恩に着るぞ修理殿」

「其方にそう言ってもらえただけで、ここに来た甲斐がござった」

笑った治長の顔には、能吏の小賢しさは微塵もない。信繁と同じ一人の武士が、そこにはいた。

「勝とう修理殿」

「託しましたぞ真田殿、毛利殿」

信繁と勝永と治長。

三人は互いを認め、力強くうなずいた。

*

「あの阿呆めがっ！」

床几から立ち上がり、家康は手にした扇子《せんす》で己が太腿《ふともも》を激しく叩いた。

勇み足である。

天王寺口の先鋒を命じた本多忠朝の失態であった。

嫌な予感は布陣した当初からあったのである。昼ごろになり、敵味方両軍の兵が出そろってもなお、家康は開戦の下知を与えなかった。焦った忠朝は、家康からの命が無いことにしびれを切らし、じりじりと敵との間合いを詰め始めていたのである。

家康には懸念があった。

六文銭だ。

あの真田の小倅が先陣に控えていることが、開戦に対して二の足を踏ませていたのである。紅の鎧に身を包んだ信繁が、真田丸で井伊直孝の兵たちを挑発したことを、家康は今も忘れない。頭に血が上った井伊勢が真田丸に突撃を敢行すると、待っていたとばかりに矢玉の雨が降り注ぎ、直孝の軍勢が多くの犠牲を払うことになった。

今度も……。

こちらが先に動くことを待っているのではないか。

先の戦の和睦から五ヵ月たらず。

家康たちが大坂城に到来するまで、かなりの時が敵にはあった。真田丸の時のごとく、城の周囲に細工を施していてもおかしくはない。京都所司代の板倉勝重からは、そんな小細工をしているなどという報せは受けていない。受けてはいないが、あの信繁ならばやりかねぬとも思ってしまう。

行け……。

たったこれだけのことが言えなかった。

そんな家康の苦悩など知りもせず、功を焦る青二才が、遂に敵にむかって銃弾を浴びせかけたのである。

先鋒の本多忠朝は、家康や秀忠の許しを得ずに、みずからの眼前に控える毛利勝永の軍勢めがけて銃撃を開始した。

忠朝は家康の守り刀、徳川随一の猛将、本多忠勝の次男である。関ヶ原の戦には、父とともに参陣し、敵陣突破を試みる島津《しまづ》義弘《よしひろ》の軍勢に立ちはだかり、武勇を示した。

父に劣ってはいない……。

みずからの武勇を鼻にかけるところが忠朝にはあった。先の戦では功を焦り、みずからが布陣することになった城の東方は敵が少ないため、主戦場となる城の南方に陣を変更して欲しいと家康に嘆願してきた。この増長に苛立った家康は、忠朝を激しく叱責した。

父はそんな出過ぎた真似をする男ではなかった。

みずからに与えられた場所で、武を全うすることだけに心血を注いだ忠勝は、決して己の功を誇ることはなかった。そんな死んだ忠勝の面影が勝気な面に見え隠れしていることにいっそう苛立ちを覚えてしまい、家康は忠朝を家臣たちが居並ぶ前で面罵《めんば》してしまったのである。

だから、高虎の辞退によって突如到来した先陣という誉れを、忠朝は殊の外喜んだ。

それが……。

この様《ざま》である。

先陣を務めるということは、誰よりも先に功を得ることではない。大将の命を受け、雄々《おお》しくも静やかに戦の幕を開ける。それが先陣の務めである。

我先にと敵に駆けてゆくだけならば、猪にもできる。福島正則あたりならば、恐ろしいほど愚直な武で、猪同然の突撃で敵に風穴を開けるほど強烈な衝撃を与え、先陣としての役目を全うできるのだが、そういう者はごくごく稀な例であり、場慣れしていない忠朝には到底真似できぬ芸当であった。

「いかんっ!」

家康の懸念は現実となって忠朝に襲い掛かろうとしていた。

＊

まさか開戦の合図もなく、家康が戦を始めるとは思っても見なかった。

本多勢のいきなりの銃撃を横目に見ながら、信繁は手綱を握る手に力を込める。

まだ戦支度は整っていなかった。

治長の献策によって四方に散らばる味方に、天王寺口に集まるよう伝令が駆け回っている最中である。

このままでは敵の目を天王寺口に集める暇がない。

「父上っ！」

茶臼山の頂に立つ信繁の馬を目指して、息子の大助《だいすけ》がみずからの足で坂を駆け登って来る。

「毛利殿からの返答がござりました」

「なんと申されておる」

「銃撃を止めねばならぬことは承知しておるが、何分敵の攻勢が止まぬ故、こちらも手をこまねいておる訳には参らぬとのこと」

先刻の策を全うするために、勝永には応戦せぬよう求める使者を走らせた。大助がもたらしたのは、その返答である。

無理もない。

これほど強硬な本多勢の前進を正面から受けて、応戦せずにいれば勢いを失い、敵に飲み込まれてしまう。

わかっている。

わかっているのだが……。

「これではなし崩しに戦が始まってしまうぞ」

信繁の恐れは、徐々に形になりはじめている。

本多勢の突出を知った敵が、少しずつこちらとの間合いを詰め始めていた。天王寺口だけではなく、岡山口に布陣している軍勢も同様の動きを見せていた。

天王寺口の最前に布陣する味方の西端に信繁は布陣している。

対する敵の天王寺口方面軍の東端に、六文銭の旗がはためいていた。

兄、信之を主とする信州上田真田家の軍勢である。

兄の信之は、体の具合が芳しくなく、今回の戦には息子たちを参戦させているらしい。信吉《のぶよし》、信政《のぶまさ》の兄弟は、信繁の甥であり、大助の従兄弟にあたる。

その真田の軍勢も、正面に相対する竹田永翁の軍勢にむかって前進をはじめていた。

「我等は如何に」

鼻の穴を大きく膨らませ、興奮を隠せぬ様子の大助が、銃弾を浴びせ合う毛利、本多両勢を一心に見つめていた。

息子には伝えている。

家康を討つことを。

それはまことに父らしい……。

聡明な息子はそう言って朗らかに笑い、父の決断を素直に受け入れてくれた。

しかしそれはそれ。

戦が始まれば、若き血潮が滾ることを抑えられない。一人で陣所を飛び出し、今すぐにでも毛利勢へ加担したいと、小刻みに揺れる背中が語っていた。

「待て」

荒ぶる息子に静かに告げる。くるりと振り返った大助の輝く瞳を見下ろしながら、淡々と声を投げた。

「我等にはやるべきことがある。そのために毛利殿は戦うてくれておるのだ」

勝永は腹を決めているに違いない。

こうなったからには、治長の策を遂行することは叶わない。すでに岡山口でも喊声が起こり始めている。

天王寺口の東端では、甥たちが率いる軍勢が竹田永翁の兵と刃を交えていた。

「お」

勝永の軍勢が割れたのを見て、信繁は思わず声を上げた。

ふたつに割れた一方の先頭を駆ける騎馬武者が叫びながら、天王寺口に布陣する敵の左翼、浅野長重《ながしげ》、秋田《あきた》実季《さねすえ》の軍勢めがけて兵を進ませている。本来ならこの両勢と相対すべきは西端に陣する真田の役目であった。

動くな……。

勝永の声が聞こえたような気がした。

毛利の別動隊を率いる騎馬武者は、勝永の息子であった。名を勝家《かついえ》というこの息子は、父に負けず劣らずの美貌である。目鼻のきりりとした若武者が、馬手《めて》に手綱を握りしめ、弓手《ゆんで》につかんだ槍を振り上げながら、後方に従う味方を激していた。

「我等はまだ……」

馬上の父をうかがうようにして、大助が問う。

無言のまま信繁は首を左右に振る。

戦は始まった。

だが。

信繁のやるべきことはまだ、この戦場にはなかった。

＊

「阿呆、阿呆、阿呆、阿呆……」

始まってしまった。

家康は床几に座り直し、みずからの命を聞かずに始まった戦場を睨みつけている。閉じた扇でみずからの膝を執拗に叩きながら、阿呆という言葉を延々と口にしていた。

こういう時に苛立ち紛れの暴言を受け止めてくれる重臣の姿は無い。本多忠勝も井伊直政も死に、本多正信は政から身を引いた。

家康は一人だった。

もう彼の苛立ちを分かち合う気心の知れた者はいない。家康が戦に勝とうとも、我が事のように喜んでくれる家臣たちはいなかった。

ならば何故戦うのか。

誰のために戦うのか。
息子のため。
徳川のため。
己のためではないことは間違いない。
家康は死ぬ。
そう遠いことではない。
「阿呆、阿呆、阿呆、阿呆……」
誰のことなのか。
忠朝。
違う。
秀忠。
違う。
己の元から去って行った可愛い家臣たち。
違う。
己だ。
徳川家康という愚か者のためだけに、家康は阿呆という言葉を繰り返している。

豊臣が健在だったらなんだというのか。秀忠が秀頼に器で劣っていたらなにが困るのか。己の死後に再び乱世となり、徳川の治世が潰《つい》えてしまうことがどうして恐ろしいのか。徳川という家が絶えることを何故こんなに怖がっているのか。

どうせ死ぬのではないか。

家康がいなくなれば、家康の世は終わる。

厭離穢土欣求浄土《おんりえどごんぐじょうど》。

穢《けが》れ果てたこの世から離れて浄土を求める。その望みがじきに叶うのだ。残された者の行く末がどうなろうと知ったことではない。穢れ果てたこの世になど未練はないのだ。

ならば。

何故家康は戦っているのだろうか。

日ノ本全土の大名を巻き込み、豊臣家を潰すためだけに、己が妄執によってはじめた戦を前にして、家康はこの世とあの世の狭間を揺蕩《たゆた》っている。

＊

「なんとっ！」

あまりにも華麗な勝永の差配を前に、信繁は感嘆の声を上げた。

ただひたすらに前進してくる本多勢を、後退しながら柔らかく陣の奥深くまで誘導した勝永は、左右に広げた兵たちで、敵の側面を挟み込んだのである。ただの挟み撃ちではない。左右に広がった兵たちの多くが火縄銃を手にしており、その鉄砲足軽が兵の前面に並んで敵を前方左右三方向から一斉に狙い撃ちしている。

正面の勝永を討つことだけに気を取られ、功を焦る本多勢は、いきなりの側面からの攻撃に驚き、混乱を来している。

「凄い……」

あまりにも見事な用兵を前に、大助が呆然とつぶやいた。

「大助」

戦場に目をやりながら、信繁は息子を呼ぶ。視界の隅に見えるつぶらな瞳が己を見上げていることを確かめながら、大助にかねてから胸に秘していた一事を静かに語る。

「これより御主は城にむかえ」

「え」

不審を露わにした声を息子が投げる。大助を一顧だにせずに信繁は淡々と続けた。

「秀頼様の出馬を御主が直々に乞うてくるのだ」

「今更ですか」

「今だからだ」

あくまで視線は戦場に投げたままだ。

「ここが辛抱のしどころよ。今はまだ我等に勢いがある。が、そのうち数の力によって勢いの均衡は崩れる。そうなれば立て直すのは難しい。が、秀頼様が出馬なされたとなれば話は別だ。ふたたび味方は奮い立ち、勢いは蘇る」

半分は本心、半分は虚言である。

大助が言う通り、今更秀頼が出馬したとて、どこまで味方の士気に変化があるか、信繁自身疑わしいと思う。

それでも大助には城に戻り、秀頼の元に居てもらわなければならなかった。

「嫌です。父上の使者ならば他の者でも務まりましょう。某は最後まで父上とともに戦いまする」

戦いたい、ではない。戦うである。巌《がん》とした息子の決意が力強い口調にも表れていた。

聡い子である。

本心を打ち明けなければ、首を縦に振ってくれぬのはわかっていた。

「これより先、儂はただひたすらに前だけを見て戦わねばならぬ。背後に憂いを得たままでは到底戦えぬ」

「なにを申されているのです」

「淀の方と大野修理だ」

「え」

「敵には我が甥がおる。儂が寝返るのではないかという疑念は尽きぬのじゃ」

今朝の様子から治長は、信繁を信じてくれているとは思う。だが、城の淀の方はどうか。そして、淀の方の命を治長は拒むことができるだろうか。

信繁を討て。

そう命じられた時、果たして治長は……。

そこまで考えた時、どうしても城内に詰めの一手を打っておかなければと思った。

「御主は人質じゃ」

「人質……」

息子のつぶやきに、戦場を見つめながらうなずいてやる。

「儂は決して裏切らぬ。御主はそのための人質として城に入ってもらいたい。儂は決して其方を生かしたくて言うておるのではない。これより先、なにが起こるかはわからぬ。城のなかがここよりも全きところであるとは限らぬ。其方は其方の戦を戦うのじゃ」

首を傾け、己を見上げる涙ぐんだ瞳を見つめる。

「すべてが終わった後に、生きてまた会おうではないか大助」

「父上」

「其方には儂の背を守ってもらいたいのだ」

「城内にて……」

泣くまいとして言葉を切った大助が、一度うつむいてから、笑みとともに再び父を見た。

「見事、父上の背を御守りしてみせまする。父上はどうか気兼ねなく家康の首だけを御求めくだされ」

「頼んだぞ」

固く唇をかみしめ、息子がうなずくと、勢い良く振り返って駆けてゆく。遠くなってゆく息子の背が、九度山の頃より幾何か大きくなっている。

頼んだ……。

心の裡でつぶやいてから、信繁はふたたび戦場に目をやった。

勝永の息子が凄まじい。

勝永から預けられた小勢で、浅野、秋田両勢を攻め立て、押し込んでいる。このままゆけば、敵は敗走し始めるはずだ。

「やれる」

鞍に置いた拳が震える。

己だけで考えていた時は、どこまでやれるか正直なところ半信半疑であった。

敗けぬ。必ず家康を討つ。と、心に強く念じた所で、所詮は真田の手勢だけで十五万もの壁を貫き、家康へ辿り着くのは敗色の濃い危うい賭けであると思っていた。

それが、毛利勝永という心強い味方を得て、現実になろうとしている。

勝永は本気だ。

本気で家康を討とうとしている。そのためならば、己が身が果てようと厭いはしない。その強固な覚悟が、最前で戦う毛利の軍勢からひしひしと伝わって来る。

恐らく勝永は息子をはじめとした己の軍勢に信繁との盟約を語っているのだろう。

勝永から足軽にいたるまで、家康を討つために己がなにをすべきかを考えながら戦っている。

すでに本多勢は虫の息だった。潰走する兵が目立ち始めている。少数の鎧武者が戦場に留まり戦ってはいるが、もはや物の数ではなかった。

治長の策はすでに破れている。岡山口の方に目をやれば、敵味方すら定かではないほどの乱戦が繰り広げられていた。

そうなると頼める味方は勝永のみ。

本多勢に見切りをつけたのか、勝永の率いる毛利の本隊が、竹田永翁の軍勢と戦っている真田勢めがけて進み始めている。

甥の軍勢であった。

だが信繁には迷いは微塵もない。

真田であろうと敵は敵だ。

十五年前、関ヶ原前夜。

上方で挙兵した毛利輝元と石田三成を討つために、家康が小山《おやま》の地で味方を募った時、信繁と兄の信之は袂《たもと》を分かった。信繁は父とともに徳川に抗する道を。兄は舅《しゅうと》である本多忠勝の庇護の元、徳川に与する道を選んだ。

その後、兄は信州上田の所領を安堵され、父と信繁は紀州九度山に流された。兄は密かに九度山の父と信繁を支援してくれていたが、その肉親の情と武士の生き様とはまったくの別物である。

兄に対する肉親の情などで、信繁の刃が鈍ることは決してない。

甥たちが勝永に敗れようと、信繁の心は微塵も揺るがないし、己の生き様を貫くためにはなんとしても勝永に勝ってもらわねばならぬのだ。

伝令が駆けて来る。

「本多忠朝、討死っ！」

それだけを告げて速やかに去って行く。

声には出さずに、信繁は右の拳を固く握りしめる。

毛利勢は敵の先陣のことごとくを壊滅せしめていた。敗れた兵が命惜しさに後方へと逃げる。敗走する味方を正面から受けることになった二陣目が、隊列を保つことに必死にならざるを得なくなる。そこに、決死の毛利親子が突入し、混乱はさらに激化してゆく。

二陣目が乱れ、三陣目も崩れ始める。

天王寺口に布陣する敵は、毛利親子によって混乱の極みに達しようとしていた。

勝永は己が命を懸けて約定《やくじょう》を果たしてくれている。

そんな友に信繁も応えなければならない。

「行くぞ」

毛利親子の獅子奮迅の働きによって乱れまくる敵を見据えながら、信繁は右の拳をゆっくりと開きながら虚空に掲げた。従者によって皆朱《かいしゅ》の槍が掌に収まる。使い慣れた槍の柄をゆるく摑みながら、天を仰ぎ目を閉じた。

鼻から息を吸う。

腹の底に気を溜めて、わずかに開いた唇から静かに吐いてゆく。

この時のために、無為なる生を長らえてきたのであろうと、今になって信繁は思う。

日ノ本随一の武士を討つ。侍にとってこれほどの誉れがあるだろうか。

信繁は今、戦国乱世という刃の切っ先に立っていた。

息を吐ききった刹那、丹田から腰骨を伝って激しい震えが体を貫く。

誰かが……。

鎧の奥にある信繁の背に触れている。

一人ではない。

何人も何人も。

数え切れないほどの掌の形をした熱が、信繁の背中を覆っている。

行け……。

戦場で家康に殺された者たち。秀吉、三成、団右衛門、重成、又兵衛……。

父。

彼岸のむこうで家康の到来を待つ幽世の住人たちが、信繁の背中を押している。

目を開き、視線を地平に戻す。

「もう十分に生きたであろう」

乱れる敵兵が上げる土煙の向こう。恐らく床几に重い体を預けて笑っているであろう古狸を夢想しながらささやく。

「今、引導を渡してやる」

右手の槍で天を突き、切っ先をじっくりと戦場へとむける。

腹に満ちた気を言葉にして叫ぶ。

「聞けっ！」

周囲に満ちる味方の気が、信繁の一喝によって引き締まった。

信繁は戦場を見据えたまま、腹の底から吠える。

「儂等が目指すは徳川家康の本陣ただひとつっ！　敵を蹴散らしながらひたすらに駆

けよっ！ 獲物は家康の首のみぞっ！」

「おぉぉぉぉっ！」

皆が、この時を待っていたのだ。徳川に一矢報いるためだけに、男たちは大坂城に集った。命の懸けどころを見失うような愚か者は、信繁の手勢には一人もいない。

「駆けろぉっ！」

この雄叫びを最後に、信繁は武士であることすら捨て、一匹の獣となった。

＊

来る。

なにかが……。

「ひぃっ！」

思わず口から零れ落ちたみずからの声に、家康は驚いた。

今のは本当に己の声だったのか。

まるで、妖を恐れる童のごとき脆弱な声であった。

戦場はいささか押され気味ではあるが、膠着していると家康には見えている。先備えが崩され二陣三陣が乱れてはいるが、越前《えちぜん》兵などは敵の猛烈な攻めを受けながら、なんとか前進を試みていた。

敗ける訳がない。

どれだけ押されていたとしても、敵はいずれ数という壁の前に勢いを失うだろう。寡兵による強襲が功を奏すのは、はじめの数刻であり、そこさえ耐えきれば、敵は疲れ果て自滅する。

味方はなんとか強襲に耐えていた。

上々の戦運びであると家康は思っている。

ならば……。

さっきの悪寒はなんだったのか。

土煙のむこうから、眉間を何者かが貫いた。見えない刃が眉間から頭の後ろへ抜けてゆくはっきりとした感覚を、家康はたしかに味わったのである。

悲鳴が零れ出たのはその直後であった。

額に触れ、みずからの指を確かめる。韘《ゆがけ》を濡らしたのは脂汗のみで、もちろん血など流れてはいない。

臆するな。

己を焚き付けるように、床几を蹴って立ち上がった。

平時では考えられぬ機敏さであった。誰かに支えられなければ立ち上がることすらままならぬほどに衰えているのだ。近習を呼ぶことなく床几を蹴って立ち上がったことに、己自身が驚いている。

家康が立っていることに気付いた近習が、目を白黒させながら駆け寄って来て、膝を折る。

「馬じゃ」

「は」

「本陣を前に進める」

「しかし」

若き近習は膝立ちのまま肩越しに背後の戦場を見た。

敵味方入り乱れての混戦である。

天王寺口だけではない。岡山口の秀忠の方も、敵に攻め込まれてどこが誰の陣所なのか定かならぬほどに戦場が乱れていた。

この只中に本陣を進めるつもりなのかという問いを、近習が気弱な視線に込めながら家康を見上げる。

「今だからこそじゃ」

無言の問いに言葉で返し、右足を一歩踏み出す。日頃ならば必ずぐらつき、下手をすれば前のめりに転んでしまうはずなのに、貧弱なまでに老いている右足は、しっかりと大地を踏み締め家康を支えている。

「関ヶ原の時もそうであった。味方が苦しき戦いをしておる時こそ、本陣は前に出ねばならぬのだ」

家康が天下を取る契機となった関ヶ原の戦。あの時も、味方は三成等が率いる敵の猛攻を受け、戦場は完全に拮抗していた。

だからこそ家康は桃配山《ももくばりやま》から本陣を押し出し、戦場深くまで進んだ。

家康は臆していない……。

耐えなければならぬ時にこそ、大将は混乱の只中に立つべきなのである。

秀頼が戦場に現れたという報せはない。

それでは勝てぬ。

将が城に籠ったままでは、兵たちは最後の最後で拠り所を見失う。

どれだけ老いようとも、己が命を惜しむような将には成り下がりたくなかった。

「馬じゃ」

近習に告げる。

「はは」

心から承服していない不審の気配を声に滲ませながら、近習が退く。

「行くぞ」

気弱な己の尻を叩くようにつぶやいた家康は、土煙のむこうに揺らめく色を見た。

紅……。

*

徐々に混乱は収まりはじめていた。

乱れていた敵が、冷静さを取り戻すとともに、毛利勢をはじめとした豊臣方の兵に正面から相対しながら押している。

すでに押し引きの拮抗は崩れていた。

勝永によって押し込んでいた勢いは、十五万という大波に飲み込まれようとしている。

それでも。

信繁はただひたすらに戦場を突き進む。

三千五百の手勢とともに、松平忠直が率いる一万五千へと狙いを定めた。

言葉は無い。

兵たちに命じることはもはやなにもない。

槍を振るい、ただ一直線に道を切り開く。

それだけ。

勝敗の趨勢《すうせい》にすら意味はない。忠直の軍勢を退ける必要はないのだ。突っ切ってしまえば振り返りもしない。

もしかしたら己に従う手勢すらも、信繁の思考の範疇からは完全に消え失せてしまっているのかもしれない。

短い呼気とともに、最小限の動きだけで槍を振るう。

喉を斬られた敵が絶命する。

たしかめるような暇はない。

すでに信繁の槍は新たな敵の脇口に吸いこまれている。

抜くとともに、背後から斬りかかってきた騎馬武者の腕をふたつ同時に斬り飛ばす。

落馬する姿を見る気はない。興味もない。

周囲を埋め尽くす殺気のことごとくを、信繁は総身に感じている。

どの殺気がどこから斬りかかってくるのか。いまもっとも身近に迫る刃はどれか。己の槍が届く急所はどこか。

なにもかもが手に取るようにわかる。

馬を駆る己を天の上から眺めているような心地であった。

こんなことははじめてだった。

己ではない何者かになったような心地に信繁は酔いながら、戦場を巡る。

「家康……」

心の底から求める者の名を呼ぶ。

その旗印はわかっている。

金色の巨大な扇だ。

陽光を受けて輝く扇の下で、老いぼれた狸が信繁を待っている。

思うだけで口許が吊り上がってゆく。

腕を振るえば敵が死ぬ。

面白いように道が開ける。

己が手勢は上手く戦っているだろうか。ふと、そんなことが心を過るが、仲間のために振り向くようなことはない。四方の敵を屠っている最中、不意に視界に紅い鎧が飛び込んでくることもある。それが仲間の物なのか、はたまた血に濡れた敵の物であるのか、そんなことすら信繁にはどうでも良かった。

敵を割る。

どこの家中の兵であるのかも知りもしない。

ただひたすらに前へ前へと突き進む。

「殿っ！」

背後から己を呼ぶ声がする。

答えない。

駆ける。

「殿っ！」

いっそう間近で聞こえた。

幼き頃より聞き知った声である。

高梨内記《たかなしないき》。

かつての傅役である。

信繁が父とともに九度山に流されてからも、しつこく付き従い、大坂に入る際にも付いて来た。内記の娘を、信繁は側室に迎えているため、義理の父にもあたる。四十九になる信繁の傅役である内記は、すでに老齢であった。本当ならば鎧を着けて戦場を駆け回るような歳でも無いくせに、どこまでも執拗に信繁を追ってくる。

無粋な声に苛立ちを覚えながらも、信繁は内記に視線を移す。

「岡山口の御味方も押しておりまするっ！」

知ったことか……。

「敵勢と御味方が入り混じり敵味方が判然とせぬのを見て、大野治房殿が弟御等とともに戦場を回り秀忠の本陣に奇襲をかけたようにござりまするっ！　これにより本陣も激しく乱れておる模様っ！」

「黙れ」

「は」

どこで誰が誰と戦おうと、信繁には一切関係がない。

「前だけを見て走れっ！」

「しかし殿っ！」

内記は執拗に語り掛けて来る。

「松平忠直の軍勢が背後の茶臼山を占拠しようとしておりまするっ！　このままでは

っ……」

「内記っ！」

前方に立ちはだかる敵を貫きながら、信繁は吠える。

「何度も言わせるな、儂の獲物は家康の首だけぞっ！」

「それはわかっておりまするっ！　わかっておりまするがっ！」

「わかっておるなら戦えっ！　いかに御主でも止まったら置いて行くっ！」

「まったく、わからぬ御仁じゃわいっ！」

快活に笑った内記が信繁の前に馬を躍らせる。

「おぉぉぉぉぉおっ！」

老齢とは思えぬ瑞々しい雄叫びとともに、内記が鞍の上で乱暴に槍を振るった。

敵が割れる。

「殿っ！」

振り返った内記が笑っている。

「あれをっ！」

老いた指がさした先に金の扇が翻っていた。

＊

「浅野長晟殿が寝返ったとの噂が戦場を駆け巡っておりまするっ！」

動揺する伝令の叫びに家康は眉をしかめた。

樫井での戦において多くの犠牲を出した長晟の陣所を、家康は天王寺口に布陣する諸将の一番奥に定めていた。その長晟が、戦場の西方に位置する紀州街道を進んで、茶臼山の西、今宮村《いまみや》へと進軍したというのである。この真偽定かならぬ話が戦場を駆け巡り、浅野勢が裏切ったという噂になったのであった。

「浅野は動いておるのか」

「今たしかめておりまするっ！」

「たわけっ！」

懐の扇を投げつけながら怒鳴る。

「まずは浅野勢の動きをたしかめるのじゃっ！　真偽のほどが定まってから、儂の耳に入れよっ！　噂にうろたえてどうするっ！」

顔を真っ青にした伝令が額に脂汗をびっしりと浮かべながら恐縮している。

「行けっ！」

左手の鞭《むち》を振り上げて叫ぶと、一瞬気が遠くなった。頭の芯が軽くなり、背中から崩れ落ちそうになる。

「大御所様」

背後から手を添えられる。

小栗正忠《おぐりまさただ》。

若き頃から家康の小姓として仕える旗本衆である。若かった正忠もいまや六十を二つほど超えているはず。小姓をしていたころは端麗であった顔貌も、いまは見る影もない。

「大事ありませぬか」

「大丈夫じゃ」

ぞんざいに言い放ってから、股肱の臣の手を払い除ける。馬上で繰り広げられる二人の翁のやり取りを、屈強な馬廻り衆たちが静かに見守っていた。

「まだ本陣を進めまするか」

正忠の問いに黙したままうなずく。

毛利勝永の軍勢によって散々に掻き乱された戦場へと、家康はみずからの本陣を進ませてゆく。

「そろそろ混戦のなかに本陣の先頭が達しまするぞ」

「止まる合図は儂がする。御主は黙って儂の元におれば良い」

どうせ、二人とも戦場では使い物にはならないのだ。槍を振るって敵を屠るなど、考えるだに恐ろしい。

正忠もかつては多くの戦場で一番槍の誉れを受けた荒武者であった。だが今は、見る影もないほどに萎《しぼ》んでしまっている。家康とは違い、鎧を着込んではいるが、首が兜の重さに負けて前に傾いていた。馬廻りの若武者に背中を押されでもしようものなら、馬の首に前のめりになりながら頭突きをかまして、そのまま落ちてしまいそうである。

「年を取った」

思わず家康はつぶやいた。

「は」

「御主もな」

「左様に……」

微笑を浮かべながら答えようとした正忠が固まった。

すでに家康の目も、正忠の動揺の根源を見極めていた。

混戦を突き破って。

紅の一団が本陣の先頭に喰らい付いていた。

「真田じゃっ！」

悲鳴染みた声を吐いたのは正忠だった。

「殿っ！」

うろたえる家康の馬の手綱を、正忠がつかむ。己の馬を器用に操りながら、股肱の臣が主の馬をも操り、馬首をひるがえそうとする。

「退くとは一言もっ！」

「御覧下されっ！」

左右の手を二頭の手綱でふさがれている正忠の顎が、紅の敵を指し示す。

およそ人の攻め手とは思えなかった。

獣である。

血飛沫なのか紅の甲冑なのか。


「殿っ！」

老臣が叫ぶ。

真っ赤に染まった敵が、先刻まで静々と行軍していた本陣の先頭を凄まじい勢いで喰い散らかしていた。

「このまま進んでおっては危のうございますっ！　皆にも下知をっ！」

「わ、わかっておる」

正忠に馬を引っ張られながら答えた家康は、みずからの声が震えていることに愕然とした。

恐れていたことが目の前で起こっている。

真田信繁……。

やはり侮るべきではなかった。

だが、後悔しても遅い。

固い唾をひとつ呑み、家康は正忠に引かれながら、周囲の馬廻り衆にむかって叫ぶ。

「退くことはならぬっ！　しかし前進は止めよっ！　その場に留まり、敵の勢いを封じ込めるのじゃっ！」

「ははっ！」

数人の近習が、家康の言葉を聞いて走り出す。

「なっ、なにをしておるのじゃ奴等はっ！」

家康は思わず叫んでいた。

金色の扇が、家康の元を離れて進軍しているのだ。常に総大将の側を離れず、全軍に家康が健在であることを知らしめる大馬印が、主を見失い紅の獣の群れにむかってぐんぐんと進んでゆく。

「止めよっ！　奴等を止めるのじゃっ！」

大馬印が大将の元を離れたなど、物笑いの種である。旗奉行の不始末などで済む話ではない。

「えぇいっ、愚か者どもめがっ！」

そうこうしている間にも、信繁は迫って来ている。槍の穂先のように隊列を細くした真田勢は、本陣をふたつに裂くようにして、ひたすらに金色の扇へと突き進む。

背筋を悪寒が駆け抜ける。

狙いは己か……。

信繁は己を殺すつもりなのだと悟った家康は、股肱の臣から手綱を捥ぎ取り、馬腹を蹴った。

大馬印が離れたのは僥倖《ぎょうこう》だったのかもしれない。あれを囮にして、信繁から離れるのもひとつの手である。

「あぁっ！」

かたわらに従う正忠が叫んだ。戦場に背をむけながら、家康は肩越しに忠臣の視線を追った。

金色の扇が、土煙のなかを行きつ戻りつしながら。

倒れた。

＊

馬印が消えた。

「殺《や》ったか」

信繁は家康の兵を食らいながら、つぶやいた。

金色の扇は家康の証である。それが倒れたのだから、総大将になにか異変があったのは間違いない。

いずれにしても……。

己が目でたしかめるまでは、信繁は止まる訳にはいかなかった。

命を下すことはない。

みずからの背中が、皆朱の槍の切っ先が、味方に対する標《しるべ》である。

とにかく倒れた扇の元へ。

信繁は道を切り開く。

息は乱れ、鼓動はかなり前から、心の臓から全身へと伝わり、頭骨の内側でどくどくと響き続けている。肉の奥で信繁を支える骨が熱い。いまにも至る所で砕けてしまいそうである。目が霞む。耳も遠い。

だからなんだ。

思うままにならぬ体を労わるよりも、家康を討てぬまま、ここで止まってしまうことの方が幾倍も恐ろしい。家康を討つと決めた。それまでは、どれだけ体が悲鳴を上げようと、槍を振るい続ける。熱が体を焼きつくそうというのなら、心の炎で抗うのみ。

金色の扇……。

ただそれだけを目指す。

＊

退く。

ただひたすらに退く。

主だった家臣のなかで、家康の身近にあるのは小栗正忠ただ一人。最後まで主を守らんと、戦場に尻をむけて駆ける家康の黒馬の後方に従っている。

二人を取り囲むようにして、〝五〟の一字が書かれた金色の団扇を指物にした馬廻りの若者たちが、人の壁を築きながら南へ南へと退いてゆく。

大馬印は倒れたままなんとか家康の元まで戻って来ていた。退去する最中に馬印を隠していたと考えれば、それはそれで良策であったかもしれない。が、成り行きは成り行きである。策ではない。主の元まで駆けつけた旗奉行は、家康への許しを乞うよりも先に、金色の扇をふたたび掲げた。

消えたままでは家康の安否を諸将が気にかけ、思うような戦いができない。下手をすれば家康が死んだという噂が戦場を駆け巡り、勢いを失いかけている敵が息を吹き返しかねない。

負けるなどということは、あってはならぬのだ。

藤堂高虎に改築を命じた伊賀上野の城へいったん退き、態勢を整えるという考えが頭を過る。しかしすぐにその策は頭のなかで握り潰した。

先の戦では江戸に留め置いた、黒田長政や加藤嘉明らを今回は参戦させている。いずれも豊臣恩顧の大名であった。さすがに福島正則だけは今回も参戦を許さなかったが、長政や嘉明については心情としてはもはや徳川の臣であると見て参戦させた。

黒田、加藤だけではない。

細川忠興、片桐且元、伊達政宗。

それに……。

藤堂高虎だ。

あの風見鶏がどう出るか。

このまま天王寺口と岡山口の双方の軍勢が大敗を喫し退却したとなれば、櫛《くし》の歯が抜けるように徳川を離れ、豊臣に加勢する大名が現れることになりかねない。天下という天秤の傾きに誰よりも敏感な高虎が豊臣に付いてしまえば、家康には勢いを覆すだけの若さがなかった。

江戸で譜代とともにもうひと戦……。

それだけの気力がない。恐らくこの戦で敗れてしまえば、家康の精根は尽きる。駿府へ戻るだけの力もないだろう。伊賀上野に戻るなどという甘い考えは捨てたほうが良い。高虎が裏切れば、伊賀は敵地に成り果てるのだ。

死が眼前に迫る。

紅の獣の姿をして。

「駄目じゃ。もう駄目じゃ正忠」

うわごとのようにつぶやく。

「気を確かに御持ち下されっ！」

家康の馬をみずからの馬で押すようにして進む正忠が、槍を小脇に挟みながら叫ぶ。信繁が到来したとしても、決して頭数になることのない老武士が、家康を守る壁にならんと必死に馬を駆っている。

「先備えがなんとか耐えておりまするっ！　余計なことを思うよりも先に、少しでも後方へ退きまするっ！」

悲痛な老臣の叫びに家康は答えるだけの気力を失っていた。

＊

分厚い。

天下の大御所を守る兵の強さを、信繁は身をもって実感している。

貫くそばから新たな兵が立ちはだかる。混乱して逃げ惑う者も多いのだが、腹の底に確たる己を持つ者たちが、我を見失った者たちを掻き分けるようにして、槍一本のみを携え、信繁の前に立ちはだかるのだ。そんな男たちの数が他の陣よりも、圧倒的に多い。だから簡単には崩れてくれない。

さすがは三河武士。

信繁は称賛を惜しまない。

だが。

それと崩すのは別の話である。どれだけ敵が堅かろうが、武士として称賛に価する者たちであろうが、信繁の心は微塵も揺らがない。

「どけぇぇいっ!」

唸りを上げて槍の柄が敵の横面を叩く。死を覚悟した男が白目を剝《む》いて血の泡を吹いて倒れる。

堅い。

わずかに退く。

眼前で壁を作る本陣から、信繁はわずかに間合いを広げた。主の動きを機敏に悟った赤揃えの味方が、信繁の背後で鏃の形に隊列を整える。
手勢は己が手足。
使える物はなんでも使う。
刹那のにらみ合いの末に、信繁は馬腹を蹴って壁にぶつかってゆく。
一本の鏃と化した真田の兵が、漆黒の家康本陣に穴を開けた。
敵がふたたび散る。
巨大な鏃の切っ先と化し、信繁は馬を駆る。
黒き群れを左右に斬り裂きながら、前へ前へと突き進む。
「ごはっ」
胸の奥からせり上がってきた何かを吐き出すようにして咳き込んだ。
血の塊が口から溢れ出し、白馬の首を濡らした。
体の悲鳴が血の塊となって零れ出たようである。
舌先で唇を撫で、己が血で渇きを潤《うるお》す。
「っ」
掻き分ける敵の群れのむこうに。
倒れたはずの金の扇が揺らめいていた。

＊

どれだけ逃げたのか。

朦朧《もうろう》とする意識のなかで、家康は己に問う。背後に従う正忠に問うてみたいとは思うのだが、言葉が口から出てこない。激しく揺れる鞍に揺られ、心と体が乖離《かいり》しようとしているようだった。

武士……。

己の根幹であるはずの志が揺らいでいる。

三方《みかた》ヶ原《はら》。

あの時は誰から逃げた。

信玄《しんげん》だ。

甲斐《かい》の化け物に追われ、家臣を身代わりにしながら家康は糞を漏らし、ただひたすらに逃げた。

死にたくなかった。

あの時はまだ、行く末が残されていたのだ。

老いた。

哀れなほどに。

家康は何故、こうも無様に逃げているのか。逃げたところで、結局死ぬだけではないか。

布団の上で死ぬか。

戦場で死ぬか。

武士として死ぬならば、いずれの道を選ぶべきなのか。

答えが……。

見つからない。

「おっ、大御所様ぁっ！」

正忠の悲鳴が聞こえる。

「家康ぅっ！」

忠臣の声を突き破るようにして獣の声が老いた耳を貫いた。

忘我の夢から覚める。

紅の獣が笑いながら己を見ていた。

＊

着いた。

信繁の視界のど真ん中に、老いさらばえた家康の姿がはっきりと捉えられている。強固な壁を突き破って信繁に付き従っているのは、数名の若き猛者《もさ》だけ。内記の姿はその中にはない。父同然ともいえる忠臣の安否すらも、いまの信繁の頭にはなかった。

「家康ぅぅぅっ！」

叫ぶ。

老いた主を守らんと、金色の団扇を背に指した馬廻り衆が壁を作る。その隙間から漆黒の鉄の輪が、信繁を狙っていた。

銃だ。

この場に留まり身を挺して家康を守るのだとばかりに、馬廻り衆と鉄砲衆が壁を築くその背後で、家康と老いた近習らしき男が馬を並べて駆け去って行こうとしている。

「待てぇっ！　この期に及んで大将が敵に背を見せるかっ！」

信繁の必死の挑発に、家康が振り返った。

その刹那。

殺意の大波が総身に襲い掛かる。

来る。

信繁を背に乗せてここまで運んできてくれた愛馬の腹を蹴って、よりいっそうの奮起をうながす。主の願いを聞き入れた白馬が、腹の底からの呼気をひとつ吐き、家康めがけて駆けながら。

跳んだ。

直後まで信繁がいた場所で無数の銃弾が交錯する。付き従っていた赤揃えの若者たちが、ばたばたと倒れてゆく。

信繁の目は眼前の家康だけを捉えていた。

馬廻り衆の直前に着地する。

「退けっ！」

叫ぶと同時に槍で敵を薙《な》ぐ。

決死の覚悟の馬廻り衆は、信繁の猛烈な一撃に眉ひとつ動かさない。

手にした槍で、信繁の愛馬を突く。

させじと信繁がわずかに後方に退くと、その分だけ馬廻り衆が間合いを詰めて来る。自然、家康との距離は広がった。

頼む。

心の裡で愛馬に願う。

鞍が尻の下で激しく揺れた。

いや。

これまで味わったことのない速さで、白馬が走り出したため、信繁の体が大きく後方に揺さぶられたのであった。

突然の敵の動きに、馬廻り衆がわずかに慄《おのの》く。その一瞬の虚を信繁は見逃さなかった。

無言のまま槍を突き出し、白馬の首がむかう先に立ちはだかる敵だけを素早く貫く。一人が倒れ、そこに馬が体を入れると、敵の壁がひび割れて、信繁一人が進めるだけの隙間ができた。

「ふ、ふ、ふ……」

己が吐く呼気が唇に触れる音だけを聞きながら、信繁は駆ける。

茶の羽織をひるがえしながら黒馬を走らせる翁の背がぐんぐん近づいて来る。

「大御所様ぁっ！」

老いた近習が叫びながら馬首を返して槍を振り上げ、向かって来る。

「ちぇぇいっ！」

哀れな老いぼれが、か細い気合の声とともに重そうに槍を振った。

構っている暇はない。

信繁は無言のまま頭上に迫る槍を穂先で払い除け、体勢を崩して鞍の上でよろめく近習の脇を抜けて家康へと駆ける。

もうすぐ。

戦が終わる。

＊

来た来た来た来た来た……。

もはや家康を守る者は一人もいなかった。

頼れる者はいない。

対するは。

あの真田信繁だ。

勝てる。

訳がない。

「ひぃひぃひぃ」

狭まった喉から零れるか細い悲鳴を聞きながら、家康は涙を流し、ただひたすらに馬を走らせる。もはや家康ではどうしようもない。最後に頼れるのは、愛馬の脚だけであった。

殺意がじりじりと近づいて来る。

振り返ることすらできなかった。

「家康ぅぅぅっ！」

信繁の叫び。

穂先が届くところから聞こえた。

殺される。

背中を見せたまま死ぬのは武士として許せなかった。

最期の刹那、家康は鞍の上で大きく体を捻じった。

来い……。

鹿の角を配した紅の兜の下にある信繁の顔は、息を呑むほどに涼やかだった。これまで己の妄執のことごとくを嘲笑《あざわら》ってきた男は、どれほど憎々しい面構えをしているかと幾度も脳裡に思い描いてきた。そのいずれにも似ぬ驚くほど壮麗な顔付きの男が、家康を見つめながら笑っている。

名護屋の城で己を見つめ微笑んでいた若僧が、そのままの顔で家康を見下ろしている。

己はこんなに老いてしまったというのに……。

真田の小倅に対する嫉妬じみた怒りが、胸に宿る。

槍が鎧に覆われていない家康の胸に迫った。こんなことなら胴ぐらいは着けておけばよかったと後悔するが、後の祭りである。

歯を食い縛って目を閉じた。

その時である。

家康は己の体が激しく揺さぶられ、急に軽くなったのを感じた。

なにが起こったのかわからなかったが、次の刹那には頭の後ろを固い物が叩いたかと思い、次の刹那には全身を衝撃が貫いた。ここで初めて目を開いた。

地に転がっている。

前足が奇妙な形に折れた愛馬が、眼前でもがいていた。

「えぇぇいっ！」

黒馬の側でたたらを踏む白馬は、信繁の物に違いない。頭上から聞こえた叫び声に、悔しさが滲んでいる。

声の方を見た。

信繁が地に転がる家康めがけて、槍を振り上げている。

「御首頂戴っ！」

「殿ぉぉぉっ！」

穂先を掠めるようにして、小栗正忠が家康に覆い被さるようにして飛びつく。そのまま主を抱いて無様なまでに地を転がる。

舌打ちとともに信繁の槍が飛来する。家康を抱いたまま、正忠が器用に避ける。

若き男たちの喊声が周囲を包む。

馬廻り衆だ。

囲まれることを厭うた信繁が見下ろす視線と、正忠に抱かれながら仰ぎ見る家康の視線が束の間交錯した。

「このままでは終わらんぞ。また来る故、首を洗って待っておれ」

信繁が笑いながら馬廻り衆を掻き分けるようにして去って行く。

「良かった。良かったぁ」

頬を濡らしながらつぶやく正忠に抱かれながら、家康は震えを抑えることができなかった。

*

あそこまで迫っておきながら……。

信繁は歯嚙みする。

家康のどてっ腹めがけて槍を突き出した。

本当ならば、今頃家康の首をつかんで戦場を駆け回っているところだったのだ。よもやあそこで家康の馬の脚が折れるとは思いもしなかった。年老いた近習が現れ、身を挺して家康を守っている最中も、幾度も機会はあったのだ。

だが、そのことごとくを避けられてしまった。

馬廻り衆が到来してからは、この場で殺されるよりも次の機会をうかがうために、撤退という道を選んだ。

それから再び、本陣へと突撃を試みた。

三度だ。

本陣を三度攻め、家康の首だけを狙った。

しかし叶わなかった。

四度目の突撃を試みるためには、いささか体が心許ない。信繁は山北の地にて目に付いた神社の鳥居を潜った。安居《やすい》神社という扁額が鳥居にかかっているのを確かめ、信繁は合流を果たした高梨内記とともに石段を登る。

「まだだ内記。まだ諦めんぞ」

「ははは、若様らしい」

疲れ果てた内記の返答に、言葉を返す余裕もない。槍を杖代わりにして歩むのがやっとである。

信繁も喉が嗄《か》れ果てて、足は鉛のように重かった。白馬は徒歩《かち》に預けて、鳥居のそばで休息させている。

古き臣との二人連れであった。

「老いたな」

「若様も」

「ふふ」

枯れた笑い声で応える。

石段を登り終え、本殿の階《きざはし》に腰をかけ、大きく仰け反り天を仰ぐ。

蒼天《そうてん》のなか、群雲《むらくも》が西へむかって流れてゆく。

体は重いくせに、心は軽やかだった。

武士として思う存分戦っている。これほど乱暴に動かしても壊れていない己が体を褒めてやりたかった。

「儂はまだまだやれる」

「どこまでも御供いたしまする」

「殿ぉっ！」

階の下で徒歩の叫び声が悲鳴に変わった。

＊

「もう良い」

家康は栗毛の馬を止めた。先を行く正忠が、みずからも馬を止めて鞍の上で大きく振り返る。

天王寺から三里あまり。平野の久宝寺《きゅうほうじ》あたりであった。

信繁の猛追から逃れるために、家康はわずかな馬廻り衆と正忠とともに天王寺からここまで逃げて来た。

「如何なされましたか」

不審に思った正忠が、主の隣に馬を並べる。

信繁が眼前に迫って、命からがら助かってからも一度、強烈な突撃があった。旗本や馬廻り衆が家康を取り囲んで守り、本陣の兵たちの奮闘もあり、なんとか敵の攻撃を阻むことはできたが、信繁は取り逃がしてしまっている。

「あの男はどこまでも追ってくる」

信繁の涼やかな笑みが脳裡にこびりついて離れない。目を閉じると、紅の兜を着けた酷薄な鬼神が笑っている。家康の臆病を嘲り笑っているのだ。

「終わりじゃ」

「な、なにを申されまするか大御所様」

両手を手綱から放して、己が腹に手を置く。

「ここで腹を斬る。介錯をいたせ」

「よ、世迷言《よまいごと》を……」

思わずといった様子でつぶやいた忠臣を睨みつける。

「敵に討たれるような無様な真似だけは避けたい。御主は儂の首を持って秀忠の元へ行け。なんとしても信繁を討ち、豊臣を滅ぼせ。それが儂の遺言であると伝えよ」

言って馬を降りようとする。

「おいっ！」

正忠が周囲の馬廻り衆に目配せした。屈強な男たちが軽やかに馬を飛び降りて、家康の元へ殺到する。

「放せっ」

家康の両足に絡みついて、馬を降りることを阻む若者たちを怒鳴りつける。

「大御所様」

逸る主を留めるように、正忠が鞍から身を乗り出しながら家康の胸に手を添えた。

「我等は敗けておりませぬ。必ずやこの小栗正忠と馬廻り衆が殿を御守りいたしまする。もう二度と、真田が殿の前に現れることはありませぬ。故に殿が腹を召されることもありませせぬ」

「しかしあの男は」

あの男と口にしただけで、脳裡で信繁の声がこだまする。

御首頂戴。

そう言って槍を突き出す信繁の姿が、家康を震わせる。

これほど誰かを恐れることがこれまであっただろうか。

無い。

徳川の惣領であった家康は、常に本陣の最奥に陣取っていた。そもそも、敵将が目前に現れて槍を突き入れて来るなどという事態に陥ったことがないのである。三方ヶ原の時だって、敵の軍勢が迫ってきてはいたが、剛の者が直接斬りかかってくるようなことはなかった。

折れたのだ。

家康は信繁によって武士として己を支えていた心の柱を折られてしまったのである。

「腹を斬る」

「なりませぬっ！」

叫んだ正忠が家康の懐に素早く手を伸ばし、懐刀を抜き取ってしまった。

「なにをするっ！」

「御年七十四にして戦場であれほど御働きになり、こうして大声を張り上げることができる。まだまだ存分に戦えまする」

言って正忠が笑う。

「焦らずとも我等は間もなく死にまする。この場での大御所様の天命。某やこの者等に託してはくださりませぬか。決して悪いようにはいたしませぬ」

足元の馬廻りたちが、黒々とした顔に涙を滲ませ力強くうなずいている。

人は城。

人は石垣。

人は堀。

情けは味方。

仇は敵。

かつて家康を恐怖させ、心底から敵わぬと思い、あの男のようになりたいと憧れを抱いた男の言葉である。

「信玄殿……」

思えば信繁の父はかつて信玄の臣であった。信繁の赤備えは武田《たけだ》家にちなんだ物である。

宿業《しゅくごう》という言葉が脳裡に浮かぶ。

「放せ」

正忠に告げる。口をへの字に曲げた忠臣が首を振る。

「もう死ぬなどとは言わんから放せ」

「真にござりまするか」

「御主たちのような偏屈どもに嘘を言うてどうなる。わかったから放せ。ええい、放さんかっ！」

途中から泣きそうになったので、思わず馬廻りたちにむかって怒鳴ってしまった。

それを聞いた正忠が、安堵の笑みを浮かべて家康の胸から手を放して鞍に座り直す。

馬廻りたちも静かに家康から離れた。

咳払いをひとつして、乱れた襟元を正し、背を立てて胸を張る。

「もう少しだけ逃げておくぞ」

「は」

正忠の返答を待ち、家康は栗毛の腹を蹴った。

*

「越前少将《しょうしょう》松平忠直が臣、鉄砲頭《がしら》、西尾久作《にしおきゅうさく》にござる」

社《やしろ》の周囲を取り囲む兵たちのなかで、ひときわ立派な兜を着けた壮年の男が名乗った。

信繁は階《きざはし》に腰をかけたまま、鷹揚《おうよう》に男を眺める。右手に握った槍の石突で階の一段目を突きながら、胸を張る。

「真田左衛門佐殿と御見受けいたすが如何か」

緊張が頬を強張らせている。西尾何某の声は笑ってしまいそうなほどに固かった。

階の袂に立ち、腰を深く落として槍を構え、主を守る内記が肩越しに信繁を見上げる。

この期に及んで虚言《たわごと》を弄したところで、なんになる。

信繁は朗らかな笑みとともに、西尾何某に語りかけた。

「左様。某は豊臣朝臣《あそん》、真田左衛門佐信繁にござる」

信繁の名乗りを聞いた男たちがざわめき、緊張の色を増す。

「すでに鳥居下の其処許の手勢は討ち果たしておりまする」

「あれだけ騒がしかったのだ。そうであろうな」

加勢に行く暇すらなかった。

鳥居下の異変を知り、信繁が腰を浮かせ駆け出そうとする間に、声は悲鳴に変わり、すぐに聞こえなくなった。それからすぐに、社を敵が取り囲んだ。打つ手もないままに、信繁はそれまで座っていた階に尻を落ち着け、敵の出方をうかがうことになった。

「無体な真似はいたさぬ。大人しゅう従うてくれれば……」

「笑わせるな」

石突で階を打つ。

槍を構える男たちの肩が大きく上下した。

信繁を前にして滑稽なほどに緊張している。

槍を手にしたまま階の上で大きく仰け反って、己を取り囲む敵を睥睨《へいげい》する。

「儂のことを見縊《みくび》るのも大概にいたせよ愚か者めが。儂は駿府の古狸に幾度も辛酸を舐《な》めさせた真田左衛門佐であるぞ。御主などに大人しゅう従って縄目を打たれ、本陣に引き据えられてどうなると言うのじゃ。あの老いぼれて見境が付かなくなっておる狸が、儂を許す訳がなかろう。あの小汚い獣の爪で八つ裂きにされるくらいなら、戦場で討たれた方が増しじゃ。のぉ内記」

「まっことその通り。がははは」

老齢の忠臣が高笑いする。

ふたたび石突で階を突く。尖った音が、慄く敵の心を揺さぶる。

「どうする」

西尾何某を見つめながら問う。

「儂と刃を交えてみるか」

「そ、それは」

この期に及んで動揺しているあたりが、鉄砲頭であった。今度の戦随一の手柄首を前にして、その威風に恐れ慄き、二の句が継げぬなど、一廉《ひとかど》の武士であれば考えられぬ失態である。

「今日の儂の戦いぶり。御主も目にしておったであろう。あの古狸の首にあと一歩まで迫ったのだがな」

言いながら体の芯に気合を込めて、音もなく立ち上がる。

敵の輪が少しだけ広がった。

一段一段踏み締めるように階を降って行く。

「御主なぞに討たれる真田信繁ではないぞ」

西尾何某を見据え、槍を摑む手に力を込める。

「御主を討ち、此奴等を皆殺しにし、ふたたびあの古狸を襲う。必ずやあの獣の首は儂が貰う。そう決めたのじゃ」

一歩、西尾何某との間合いを詰めた。

「うぅ……。う、撃てぇへぇっ！」

西尾何某の悲鳴にも似た叫び声とともに、石段を駆け上がってきた鉄砲足軽たちが、境内に殺到し、信繁に銃口をむけた。

そうであった……。

西尾何某は鉄砲頭だと名乗ったではないか。

「不覚」

つぶやくと同時に、信繁の体を無数の銃弾が駆け抜けた。

＊

「真田左衛門佐、山北にて討死っ！」

「ま、真であろうな」

鞍に手を置いて身を乗り出しながら、家康は伝令を睨みつける。

「あの……。あの真田信繁が死んだと申すかっ」

「松平少将様御家中、鉄砲頭西尾久作殿が討ち取ったとのこと」

大きな旗指物を背負った若者は、事実だけを淡々と語る。

「たしかに、真田の攻め手が緩んでおりまする。主を失い、最後の悪あがきをしておるのやも」

かたわらで正忠がつぶやく。

正忠の言葉通り、先刻までは強烈に感じていた敵の圧力が、不思議なくらいに収まっていた。

「すでに毛利勝永が城に退いたという報せも入っておりまする」

水野勝成や越前勢に加え、岡山口から馳せ参じてきた藤堂高虎や、本多忠政などの奮戦もあって、勢いはこちらに傾き始めている。

「進め」

正忠や馬廻り衆にむかって命じる。

気付けば右腕を振り上げていた。

「あの真田の小倅が死んだのじゃっ！　もはや敵に我等に抗するだけの力はないっ！

この機を逃さず、一気に城まで攻め寄せるのじゃっ！」

これまでの鬱屈を晴らすように、家康はあらん限りの声で叫んだ。

「応っ！」

若き馬廻り衆たちが喊声で応える。家康の命を伝えるために男たちが方々に散り、すぐに本陣が前進を始めた。

もう守られる必要はない。

家康は大坂城へと突き進む本陣の中央に陣取り、みずから馬を駆る。

銃声が鳴った。

「ひっ！」

体が縮こまり、喉から甲高い声が漏れる。その刹那、信繁の笑みが脳裡に蘇り、家康の体を硬直させた。

「どこぞで鳴った物かはわかりませぬが、大事ありませぬ」

「油断するな」

「は」

かたわらに侍る正忠が首を傾げる。

「信繁はまだ生きておるやも知れぬ。油断せずにまわりを固めよ」

「承知仕りました」

辞儀とともに正忠が周囲の馬廻り衆に目配せをした。屈強な侍たちが、家康のまわりを幾重にも取り囲む。

男達の中心で家康は震えていた。

すでに敵の姿は戦場から消え失せている。わずかに残った者たちも、徳川の兵たちに追い立てられて抵抗できずにいた。

勝ったのだ。

「真田左衛門佐は死んだのです」

正忠が言い切る。

「わかっておる」

答える家康だったが、声の震えを抑えることができない。

信繁は死んだ。

頭のなかではわかっている。

それでも……。

己を囲む馬廻り衆を掻き分けて、あの男が襲ってくるのではないかという疑念が消えない。

武士としての柱が完全に折られていた。

もう家康は武士ではない。

ただの老いさらばえた燃え滓《かす》だ。

「あぁ」

虚ろな家康の目が夕暮れのなかで炎を吹く城をとらえた。

「大坂城が燃えております る」

正忠が力無く言った。

家康はただぼんやりとうなずいた。

この戦から一年たらずの後、家康は駿府にて七十五年の生涯を終える。

しかし、信繁に心を折られた時に、すでに家康の心は死していたのかもしれない。

終章　豊臣秀頼

最期の最期まで思うままにならぬ生であった……。

むせび泣く女たちの辛気臭い声に囲まれながら、豊臣秀頼は己が一生を想う。

格子窓から漏れてくる陽光が、夜が明けたことを容赦なく知らしめる。

城の南西、山里廓《やまざとくるわ》。

ここに入ったのも、秀頼自身の決断ではなかった。

なにもかも。

誰かが決する。

何者かが決した道を、秀頼は多くの家臣に守られながら歩むしかなかった。

秀頼の死は、豊臣家の死である。

徳川家が覇者となってもなお、西国の要として、豊臣家は天下に多大な影響を与えていた。西国の大名のなかには豊臣恩顧の者も多く、彼等は江戸に向かう際、かならず大坂城を訪れ、己が主のごとく秀頼を拝謁する。幼少の頃より、すべての大人が己にひれ伏した。この世で最上の者は秀頼であり、その他の者はこれに仕えるために生まれて来た。大坂城の奥深くで母の許でぬくぬくと育った秀頼には、そう錯覚させてしまうだけの周囲の奇妙な状況があった。

それが普通ではないことを、己は何時どこで知ったのだろうか。

白装束に身を包み、秀頼は掌中の小刀を見つめながら思う。

思えば……。

母の常日頃からの口癖が、幼い心に一点の影を落としたのは間違いない。

〝徳川などに好きにさせてなるものか〟

江戸や諸国から報せがもたらされる度に、母は本丸御殿の大広間に家臣たちを並べ、憎々し気に言ったものだ。母と並んで上座に腰を据える秀頼は、日頃は優しい母の声が恐ろしいまでに一変することに戸惑いと恐怖を覚えたものである。

徳川……。

その姓が豊臣家にとって忌むべきものであることを、秀頼は物心付く前から漠然と感じていた。そして、日を追うごとに、大人へとなるにつれ、徳川家が如何なるものかを知るにつけ、母の怨嗟《えんさ》に満ちた呟きの正体を知ったのである。

豊臣家の天下は徳川によって簒奪《さんだつ》された。

大坂城に住む者で、この事実を疑う者は一人もいなかった。自然、秀頼自身も、天下は豊臣家のものであると思って育った。

秀頼が満足な歳になり、関白の位を戴いた折には、徳川を従える。それが、母の願いであった。いや、願いなどという曖昧《あいまい》なものではなく、当然そうなるものだと信じて疑っていなかった。

豊臣家の天下は秀頼の関白就任にかかっている。

徳川家が親子二代にわたって襲名した征夷大将軍よりも上位である関白こそが、豊臣家が徳川に打ち勝つ唯一の手段だった。

関白になる資格があるのは、豊臣秀吉のただ一人の息子である秀頼だけ。

父の存命中の豊臣家の栄光を知る者たちにとって、秀頼の関白就任は何事よりも優先させるべき事案だったのである。

〝秀頼様の御栄達のためならば、この清正、命を擲《なげう》つ所存にござる〟

そう言って涙ぐむ猛将の顔が、幼少の頃に瞼の裏に焼き付いて今も消えない。その猛将も、家康との二条城での対面を終えるとすぐに死んだ。対面の折には、家康に遠慮することなく、秀頼の家臣然として護衛の任に就いてくれた。

己は徳川に対抗する者たちの旗頭なのだ。

急に体が大きくなり、声が変わり始めた頃には秀頼にも確たる自覚が芽生えていた。

その頃だろう。

己の素性が普通ではないことに気付いたのは。

自分を見る大人たちの視線に秘められた、静かな熱の意味が解りはじめ、己が逃れられない宿業を背負わされていることを知ったのも、その頃のことである。

その宿業の末に、秀頼は今こうして三十人あまりの男女とともに、思うままにならなかった一生を終えようとしていた。

「殿」

己を呼ぶ声に、秀頼は小刀から目を逸らす。肩で大きく息をする青ざめた顔が、秀頼を見ていた。大野修理治長である。治長は、前日の戦にて小笠原秀政《おがさわらひでまさ》の軍勢と戦い、深手を負って城へと戻って来ていた。

幾度も秀頼に出馬を求める遣いを出してきていたが、けっきょく秀頼が城を出ることはなかった。

家康から和議の使者がくるという噂が流れ、これを城で待ち受けるべきだと家臣たちが騒いだ。それと同時に、秀頼が出馬した隙を衝いて、裏切り者が城に火を点けるのではないかという懸念も示された。結局は、母が秀頼を止め、出陣することはできなかった。

先の戦以降、母はめっきりしぼんでしまった。先の戦では、徳川との決戦をみずから主導していたのだが、家康により御殿を砲撃され身近な者が死んだことで、みずからの死を間近に感じ、現実から目を背けてしまった。今回の戦においては、荒ぶる牢人たちを押し留めることも、焚き付けることもなかった。

〝戦場になど行かず、妾の側にいてたもれ〟

上座に並んで座りながら、秀頼だけにしか聞こえない声でそう言った母の願いに背くことはできなかった。

本心では……。

すぐにでも城を出て戦いたかった。

豊臣秀頼ここにありと、蒼天の元で高らかに叫びたかった。

秀頼は武士である。

戦場に出たことがなくとも、豊臣家の惣領として生まれた以上、秀頼は武士なのだ。

母は織田信長と浅井長政《ながまさ》の血を引いている。父は下賤な生まれから一代で天下の覇者になり上がった傑物だ。その二人の血を受け継ぐ己ならば、初陣であろうと戦える。そう信じて疑わなかった。今でも、戦場にさえ出れば、人並み以上の働きが出来ると信じている。

体が大きい。

それは浅井の御爺様のおかげだと、母は常々言っていた。大野治房や木村重成などよりも体格で勝り、武芸の修練も嫌いではない。槍を振るえば、そこらの家臣どもなどひと振りで退けることができた。

武士として。

男として。

己の武運を戦場で試せなかったことを、今も後悔している。

秀頼が戦場に出ぬ間にも、城の南では激戦が繰り広げられた。毛利勝永や真田信繁が本陣まで迫った天王寺口だけでなく、大野治房を主軸として岡山口でも激しい戦いが繰り広げられた。

母の制止も聞かず、秀頼は家臣たちの戦いを天守の上から見守っていた。出陣することが叶わぬのならば、せめて城から彼等の背を押したい。その一心で秀頼は、戦場を見つめた。

湿地がちな岡山口で、敵味方ともに泥に足を取られながらも激しく刃を交える姿を天守から見守った。敵の先鋒の前田勢と、将軍秀忠の軍勢が雪崩《なだ》れ込むようにして岡山口を進む。これを治房をはじめとした豊臣勢が阻む。すぐに敵味方も判然とせぬほど入り混じる乱戦となった。これを密かに抜け出した治房が、将軍の本陣に奇襲をかけ、一時は本陣が崩れるかという事態に陥った。しかし、最後は敵の数に圧されるようにして、治房は城へ戻ることを余儀なくされてしまった。

天王寺口での激戦は、秀頼の脳裡に鮮明に焼き付いている。

真田信繁が死んだという報せを聞いた時、秀頼は豊臣家が敗れたことを確信した。

「殿」

ふたたび治長が呼ぶ。

思惟の海から脱した秀頼は、今にも潰えそうなほどの深手を負いながら、なおも主に侍らんとする忠臣を見た。

「まだ、諦めてはなりませぬ」

言って治長は気丈《きじょう》に微笑む。その顔からは血の気が消え失せ、目を閉じれば骸と見紛ってしまいそうなほど憔悴《しょうすい》しきっていた。

「千《せん》姫様がかならずや、大御所を説き伏せてくださいましょう」

秀頼の妻は、将軍秀忠の娘であり、家康の孫であった。

治長は城に戻るやいなや、千姫とその侍女に使者と護衛を付けて城から抜け出させた。すでにその時には、城のあちこちから火の手が上がっていた。

本丸を出たところで行く道を見失っていた千姫一行であったが、たまたま通りかかった徳川の臣、坂崎直盛《さかざきなおもり》に連れられて無事に城から出たという。千姫一行が城を出るのを見届けて戻って来た護衛からの報せである。

治長が千姫とともに付けた使者は、和睦を求めるものであった。

今度の戦は、治長に責がある。己が身で罪を贖うため、秀頼母子の命は助けてもらいたい。

そういう内容の使者であるということを、秀頼は治長自身の口から聞いた。もはやこの深手では命が助かることもない。この身を豊臣家に捧げたいという忠臣の願いを止められはしなかった。

生きたいなど、秀頼は望んでいない。

敗軍の将は間違いなく己である。先の戦、と今回の戦。十五年の太平を破って行われた争乱の責は、治長でも母でもなく、豊臣秀頼にあるのだ。

秀頼がいなければ、天下はなんの禍根もなく徳川の元にまとまっていた。秀頼は、豊臣家は、過去の遺物なのだ。

天下に仇なすことはあっても、平穏をもたらすものではない。

四年前。

二条城で義理の祖父である家康に会った時に、秀頼の存念は忌憚《きたん》なく告げていた。豊臣家は徳川には敵わない。一家臣として徳川に仕えることが、豊臣家が生き残る唯一の道であること。それができなければ、豊臣家は徳川に滅ばされる。

だから……。

母を豊臣家の政から退かせる。

できなかった。

なにもかも。

重石は秀頼が思った以上に大きかった。

退けなければならなかったのは母だけではなかったのである。大坂城のすべてが母を中心に回っていたのだ。

懐刀であった治長を、母とともに政から締め出せば良いというような問題ではなかった。母の手は豊臣家の家臣に留まらず、城で働くすべての者たちに伸びていた。

母こそが。

豊臣家であった。

秀頼はその子であって、来たるべき関白就任の器でしかなかったのである。

そんな者がどれだけ崇高な志を抱いていても、なにひとつ変わるものではない。ただ唯々《いい》諾々《だくだく》と母に引き摺られるようにして、時だけが過ぎて行き、徳川との間には埋められぬほどの深い溝が出来てしまった。

そして。

あの時、家康に話したように、豊臣家は徳川に滅ぼされることになった。

「そうです、諦めてはなりませぬ」

秀頼と母を囲んで車座に座る男女のなかから、沈鬱な場に相応しくない快活な声が上がった。

「うるさい」

秀頼の胸にうなだれるように顔を付けた母の口から、ぼそりと悪態が零れ出たのを無視しながら、秀頼は明るい声の主に目をむけた。

真田幸昌《ゆきまさ》。

信繁の息子である。

秀頼の出陣を求める父の使者として城に入り、そのままこの場まで供をしていた。

多くの家臣がここに至る前に死を選んだ。

城南方での戦に敗れ、兵たちが続々と戻ってくる混乱の最中、突然、天守から火の手が上がった。

秀頼は城とともに死ぬ気であった。

家臣たちにみずからの想いを告げ、母と妻とともに燃える城に入ろうとしたところを、戦から戻って来ていた重臣、速水守久《はやみもりひさ》に止められた。今はまだ死ぬべきではないと言って、強硬に山里廓に誘う守久とともに、廓内の土蔵に入り、治長の提案を受けて千姫を逃がした。

秀頼は山里廓に入った後に、燃える本丸御殿の広間にて多くの家臣たちが自害したことを知った。そのなかには、秀頼の乳母であった正栄尼《しょうえいに》とその子、渡辺糺《ただす》もいたという。

いまなお蔵の外からは、怒号や悲鳴が聞こえて来ている。男も女も関係ない。城に籠っていた武士や町人たちが、敵から逃げ惑っているのであろう。

土蔵の扉を固く閉め、城下からの報せを待つ秀頼には、城外でなにが起こっているのかうかがい知ることはできない。ただ、漏れ聞こえて来る声の悲痛さからも、ただごとではない惨状であるのは間違いなかった。

「きっと千姫様は務めを果たされましょう」

瑞々しい声を吐いた信繁の息子が、満面に笑みを浮かべながら、秀頼を見ていた。当然、幸昌は父の死を知っているはずだ。

「何故」

まばゆい笑みに秀頼は語りかける。

「御主はそんなに朗らかに笑っておる」

「諦めておらぬからです」

間髪《かんはつ》いれぬ迷い無い答えに、うなだれた大人たちが一斉に顔を上げた。死を覚悟した大人たちなど一顧だにせず、幸昌は秀頼だけを見て語る。

「某がここにおりまする。殿もおられる。まだ我等は戦えまする」

誰かが力無く笑った。幸昌の子供じみた物言いを嘲笑ったのだ。

「戦えるか我等は」

秀頼は自然とほころぶ頬をそのままにして、幸昌に言った。

「はい」

力強くうなずいた真田の嫡男が、真っ直ぐな視線を秀頼にむけ紅の唇を震わせる。

「父上は、みずからの手勢のみで家康の本陣深く攻め込み申した。戦は兵の多寡だけでは決しませぬ。某がここに生きており、殿が笑っておられる。だから……」

幸昌の声が唐突に揺らいだ。若き侍が束の間顔を伏せ、ぐっと腹に力を込めてから、ふたたび秀頼に笑顔を見せた。

「我等はまだ戦えまする。豊臣家は決して潰えませぬ」

幸昌がうつむき肩を震わせる。

「そうじゃ」

車座のなかから声が上がる。

毛利勝永であった。勝永は幸昌の父、信繁とともに天王寺口にて獅子奮迅の働きであった。次々と敵の軍勢を打ち砕いてゆく勝永の戦いぶりを、秀頼は天守から見守り震えていた。

目鼻の整った壮年の荒武者は、口許に笑みを湛えながら、幸昌の震える背に手を添えた。

「御主の申す通りじゃ。この身がある限り、我等はまだ戦える」

勝永の隣に座る彼の子も、涙を流しながらうなずいていた。

「そなたたちのせいじゃ」

秀頼の胸元で母がささやく。

「そなたたちのせいでわらわたちはこんなめにおうておるのじゃ。そなたたちがしろを……。たいこうでんかがきずかれたしろをけがしたのじゃ」

「母上」

細い肩を握りしめ、秀頼は胸元の母の口を止めようとする。

幸昌もその父も、毛利親子も。

先の戦の際に大坂城に入った牢人衆である。母が言う通り、譜代の臣ではない。

だが。

求めたのは母ではないか。治長たちではないか。

日ノ本全土の武士と戦うために、諸国に溢れる牢人たちを城に招き入れたのだ。なかでも信繁や勝永は、名指しで入城を求めた者たちではないか。

城下で五人衆と呼ばれた者のなかで、この場にいるのは勝永のみ。又兵衛と信繁は豊臣のために命を捧げてくれた。長曾我部盛親と明石全登は行方が知れない。

結末はどうであれ、五人はいずれも豊臣家のために十分尽くしてくれた。戦に敗れたからといって悪しざまに罵るのはお門違いも甚だしいと思う。

しかし。

母の言いたいこともわかる。先の戦は母や治長が主導したところもあった。だが、今回の戦は違う。先の戦で率先して戦った牢人衆の勢いに譜代の臣たちまでが巻き込まれ、引き際を逃した末の決戦であったのではないか。

己がしっかりと皆の手綱を握っていたらと思うと、秀頼は忸怩《じくじ》たる想いに身悶《みもだ》えしそうになる。

秀頼が豊臣家の惣領として皆の信を得ていたならば、先の戦の折にすべては決着していた。いや、先の戦すら起こらなかったと断言できる。

徳川への臣従は逃れられなかったのだ。

父が天下を取った時、かつての主であった織田家は豊臣家に頭を垂れた。

それが戦国の習いである。

力のある者が天下を統べる。位や権威だけで、槍働きで決着を付けることを信条としている武士を手懐けることなど土台無理な話なのだ。

「あぁ……」

秀頼の虚ろに開いた口から声が漏れる。

母の独白のせいで言葉を飲んでしまった幸昌たちが、主の顔を覗き込む。

彼等に語って聞かせることなどなにもなかった。ただ、先刻みずからの心中に湧いた疑問に答えが見つかっただけである。

己はどこでみずからの立場が普通ではないと気付いたのか……。

片桐且元だ。

父の股肱の臣でありながら、決して武勇に恵まれていなかった且元は、豊臣家の嫡男の傅役という地位を得ることで、大坂城に居場所を見つけた。清正や正則のように腕っぷしで領地を捥ぎ取るようなこともできず、三成や吉継のように才智で伸し上がることもできなかった不器用な男は、誰よりも下から戦国の世を見上げてきたのであろう。

〝若様に皆が頭を垂れるのは、豊臣という家があるからにござりまするぞ〟

母がいない時、且元はそんなことを口にした。豊臣秀頼という男が存在する意味と、徳川家との因縁を、母の顔色をうかがいながらも且元はその不器用な口振りで訥々《とつとつ》と語って聞かせてくれた。

〝豊臣家の惣領は母上ではありませぬ。秀頼様なのです。それを御忘れなきよう〟

且元は決して武人として功を挙げなかったわけではない。賤《しず》ヶ岳《たけ》の七本槍に数えられた男なのである。心の奥底に、決して揺らがぬ想いを秘めていた。

思えば……。

豊臣家の凋落が始まったのは、且元を城から追い出してからではなかったか。

あの時、且元は言っていた。

徳川への臣従以外に豊臣家が生きのこる道は無いと。

それを拒んだのは母である。治長である。そして、秀頼自身であった。母や治長を止められなかった時点で、秀頼にも今度の敗戦の責があるのだ。

「殿」

先刻の声を不審に思ったのか、治長がか細い声で問うてくる。間違いなくこの男は、豊臣家が許されてこの廓から出ることになったとしても、早晩死ぬだろう。最期まで母に尽くしてくれるのだ。

感謝しかない。

「なんでもない」

首を左右に振って答えたその時だった。突如として、周囲から銃声が聞こえ始めた。それは間違いなく、取り囲む徳川の兵たちが土蔵めがけて発砲を始めた音であった。

幸昌や勝永が腰を浮かせて、頭上にある格子窓の方を見遣る。うろたえる女たちが、しくしくと泣き始めた。秀頼の胸に潜り込むようにして、母が震える。

「どうやら……」

一人端然と腰を落ち着ける治長が、細い目をいっそう細めながらつぶやく。

「和睦は退けられたようですな」

母の忠臣の言葉は事実であろう。使者が戻らぬうちに、土蔵にむかって発砲が始まったのである。交渉には応えられぬという無言の返答であるのは間違いない。

城の周囲は十重二十重《とえはたえ》に囲まれている。

逃げ場はどこにもなかった。

「薩摩《さつま》にっ！」

幸昌が身を乗り出すようにして叫んだ。血走った眼《まなこ》が秀頼を捉えたまま左右に小さく震えている。

「薩摩に参りましょう。某が御守りいたしまするっ！　薩摩の島津ならば決して殿を敵に売るような真似はいたさぬと、父上が申しておりました」

「信繁がか」

「はいっ！　だから薩摩へっ！」

「いやじゃ」

「え」

秀頼の胸元から涌いた怨嗟の声に、幸昌が思わずといった様子で声を吐く。頬を紅潮させていた若き真田の侍が、秀頼の胸元を覗き込みながら、面の皮を恐ろしいほど硬直させた。

のそり……。

息子の胸に顔をうずめていた母の頭がゆっくりと持ち上がる。白粉《おしろい》を塗りたくった顔に浮かぶ二つの瞳が、強張る若武者の面をとらえた。

「わらわはさつまなどにはいかぬ」

「しかしっ！」

「いかぬ」

冷え冷えとした母の声が、焰《ほむら》のごとき若武者の言葉を打ち消した。幸昌が浮かせていた尻をどかりと床に付けると同時に、治長の腕が伸びてきて、紅の甲冑を後方に退けた。失意の若武者の肩を抱くようにして、勝永が己の隣に幸昌を座らせると、土蔵を静寂が支配した。聞こえて来るのはけたたましい銃声と、すすり泣く女たちの声のみ。男たちは顔を伏せ、秀頼の下知を待っているようだった。

ふたたび息子の胸に顔を押し付けていたその肩を摑みながら、秀頼は母の体をみずからから引き剝がす。

「母上」

虚ろな瞳を見据えて語り掛ける。

「もはやここまでのようです」

笑った。

息子の笑みを見ても、母の面の皮は微塵も動かなかった。もしかしたら心はすでに壊れてしまっているのかもしれない。本丸御殿が砲撃で崩れ、天守が傾いた時に、母の心は折れてしまっていたのだろう。

「よくぞこれまで、この未熟な息子のために励んでくださいましたな」

「ひでより」

「父上の元へ参りましょう」

はじめて……。

母でも家臣たちでもなく、己で決めた。

秀頼の言葉が、淀の方の凍り付いていた顔を溶かした。それまで心がいっさい滲まなかった淀の方の顔に、うっすらと笑みが蘇る。

「はい」

幼女のごとき清廉な微笑みを浮かべながら、母がうなずく。秀頼は涙が溢れ出るのを堪えるように、治長のほうを見た。

「修理よ」

「は」

「我はこれより腹を斬る」

母の忠臣が深々と頭を垂れた。

「承知仕りました」

秀頼だけで決めたことを、はじめて治長が承服した。ひれ伏す母の忠臣から目を逸らし、秀麗な武者を見つめる。

「毛利殿」

名を呼ばれた勝永が頭を垂れる。

「其処許に介錯を頼みたい」

「これほどの誉れはありませぬ」

「頼んだぞ」

黙したまま一礼した勝永が、そのままの姿勢でかすかに肩を震わせる。

「大助」

信繁が常日頃使っていた幸昌の幼名を口にしながら、深紅の若侍に視線を移す。

秀頼を見ながら若い幸昌は目からぼろぼろと涙をこぼしている。

「其方の申し出に付き合ってやれなんで済まなかった」

「いえ」

「薩摩はちと遠すぎる」

この包囲を抜けて辿り着けるはずもない。幸昌だってそんなことはわかっているのだ。

顔を床に叩きつけるようにして辞儀をした幸昌の口から嗚咽が漏れる。清々しい若武者からふたたび母へと目を戻す。

「それでは母上」

ひときわ大きく母の体を突き放しながら、続ける。

「ひと足先に逝《い》きまする」

「いやじゃ」

母がすがりつく。

「わらわをころしてたも。そなたのしぬところなどみとうはない。わらわをさきにころしてたも」

「母上」

「たえられぬ。もうたえられぬ。はようでんかのもとへ」

子供のように泣き喚く母にすがりつかれながら、秀頼は治長のほうを見た。静かにうなずいた母の忠臣が、懐の短刀を鞘《さや》ごと引き抜き、膝を滑らせるようにして母子の元まで辿り着く。

母の背越しに掲げられた短刀を手に取って、秀頼はふたたび細い肩をつかんで、骨と皮だけの体を引き剝がす。

「解り申した」

「たのみまする。たのみまする」

うわごとのようにつぶやきながら泣いている母の純白の衣の胸元へ、気取られぬように抜き放った短刀の切っ先を突き入れた。骨を貫き心の臓を抉った刃を、わずかに斜めに突き上げる。武士の習い。人を刺した時はそうするようにと、且元に教えられたままに刃を使った。小さな声をひとつ吐いた母が、わずかに瞼を開いたまま動かなくなった。

軽くなった母の体を寝かせ、秀頼は返り血もそのままにわずかに後方に下がる。

「毛利殿」

「はい」

勝永が静かに立ち上がる。

秀頼は端坐し瞑目《めいもく》した。

背後に勝永の気配を感じる。

母の血で濡れた衣の襟口を開く。その手には先刻母を貫いた短刀が握られている。

「頼みました」

豊臣家の惣領としてではなく、誉れ高き武辺者に対する未熟な侍としての言葉であった。

勝永は恐らくうなずいたのであろう。

見ることもなく、秀頼は己が腹を撫でた。二十三にしてはいささか出過ぎている腹に、我ながら呆れてしまう。これでは武働きなど望めやしない。どれだけ巨体であったとしても、息が続くわけがない。

ここまでなのだ……。

己が豊臣の惣領として立っていたとしても、あの家康に勝てるはずもなかったのだ。

清々しいほど秀頼は観念している。

目を開いた。

逝《ゆ》く！

覚悟とともに己が腹に刃を突き立てる。

勝永が振り下ろした太刀が触れたことすら感じぬままに、秀頼はこの世から去った。

慶長《けいちょう》二十年五月八日。この日、戦国の世は終わりを迎えた。

○主な参考文献

『日本の戦史　大坂の役』旧参謀本部編纂　徳間文庫カレッジ刊
『戦争の日本史17　関ヶ原合戦と大坂の陣』笠谷和比古著　吉川弘文館刊
『敗者の日本史13　大坂の陣と豊臣秀頼』曽根勇二著　吉川弘文館刊
『関ヶ原から大坂の陣へ』小和田哲男著　新人物往来社刊
『後藤又兵衛　大坂の陣で散った戦国武将』福田千鶴著　中公新書刊
『ここまでわかった！　大坂の陣と豊臣秀頼』歴史読本編集部編　新人物文庫刊
『大坂の陣　秀頼七将の実像』三池純正著　洋泉社刊
『別冊歴史読本56　戦況図録　大坂の陣』新人物往来社刊
『歴史群像シリーズ40　大坂の陣』学習研究社刊
『決定版　大坂の陣　歴史検定公式ガイドブック』北川央監修　世界文化社刊

本書は文庫書下ろし作品です。

|著者|矢野 隆　1976年福岡県生まれ。2008年『蛇衆』で第21回小説すばる新人賞を受賞。その後、『無頼無頼《ぶらぶら》ッ！』『兇』『勝負《ガチ》！』など、ニューウェーブ時代小説と呼ばれる作品を手がける。また、『戦国BASARA3　伊達政宗の章』『NARUTO－ナルト－　シカマル新伝』『THE LEGEND & BUTTERFLY』といった、ゲームやコミック、映画のノベライズ作品も執筆して注目される。'21年から始まった「戦百景」シリーズ（本書を含む）は、第4回細谷正充賞を受賞するなど高い評価を得ている。また'22年に『琉球建国記』で第11回日本歴史時代作家協会賞作品賞を受賞。他の著書に『清正を破った男』『生きる故』『我が名は秀秋』『戦始末』『鬼神』『山よ奔《はし》れ』『大ぼら吹きの城』『朝嵐《あさあらし》』『至誠の残《ざん》滓《し》』『源匣記《げんこうき》 獲生伝《かくしょうでん》』『とんちき 耕書堂青春譜』『さみだれ』『戦神《いくさがみ》の裔《すえ》』などがある。

戦百景《いくさひゃっけい》　大坂夏《おおさかなつ》の陣《じん》

矢野《やの》 隆《たかし》

2023年11月15日第1刷発行

発行者――髙橋明男
発行所――株式会社　講談社
東京都文京区音羽2-12-21　〒112-8001
電話　出版（03）5395-3510
　　　販売（03）5395-5817
　　　業務（03）5395-3615

Printed in Japan

講談社文庫
定価はカバーに
表示してあります

KODANSHA

デザイン―菊地信義
本文データ制作―講談社デジタル製作
印刷―――株式会社KPSプロダクツ
製本―――株式会社国宝社

ISBN978-4-06-533770-7

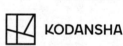

講談社文庫刊行の辞

二十一世紀の到来を目睫に望みながら、われわれはいま、人類史上かつて例を見ない巨大な転換期をむかえようとしている。

世界も、日本も、激動の予兆に対する期待とおののきを内に蔵して、未知の時代に歩み入ろうとしている。このときにあたり、創業の人野間清治の「ナショナル・エデュケイター」への志を現代に甦らせようと意図して、われわれはここに古今の文芸作品はいうまでもなく、ひろく人文・社会・自然の諸科学から東西の名著を網羅する、新しい綜合文庫の発刊を決意した。

激動の転換期はまた断絶の時代である。われわれは戦後二十五年間の出版文化のありかたへの深い反省をこめて、この断絶の時代にあえて人間的な持続を求めようとする。いたずらに浮薄な商業主義のあだ花を追い求めることなく、長期にわたって良書に生命をあたえようとつとめるところにしか、今後の出版文化の真の繁栄はあり得ないと信じるからである。

同時にわれわれはこの綜合文庫の刊行を通じて、人文・社会・自然の諸科学が、結局人間の学にほかならないことを立証しようと願っている。かつて知識とは、「汝自身を知る」ことにつきていた。現代社会の瑣末な情報の氾濫のなかから、力強い知識の源泉を掘り起し、技術文明のただなかに、生きた人間の姿を復活させること。それこそわれわれの切なる希求である。

われわれは権威に盲従せず、俗流に媚びることなく、渾然一体となって日本の「草の根」をかたちづくる若く新しい世代の人々に、心をこめてこの新しい綜合文庫をおくり届けたい。それは知識の泉であるとともに感受性のふるさとであり、もっとも有機的に組織され、社会に開かれた万人のための大学をめざしている。大方の支援と協力を衷心より切望してやまない。

一九七一年七月

野間省一